할매의
봄날

할매의
봄날

이영복 지음

책미래

할매의 봄날

1판 1쇄 발행 | 2014년 6월 27일
1판 3쇄 발행 | 2014년 12월 10일

지은이 | 이영복
그린이 | 신미숙
주 간 | 정재승
기 획 | 안민혁
교 정 | 한복전
디자인 | 배경태
펴낸이 | 배규호
펴낸곳 | 책미래

출판등록 | 제2010-000289호
주 소 | 서울시 마포구 공덕동 463 현대하이엘 1728호
전 화 | 02-3471-8080
팩 스 | 02-6353-2383
이메일 | liveblue@hanmail.net

ISBN 979-11-85134-11-6 03810

국립중앙도서관 출판시도서목록(CIP)

할매의 봄날 / 지은이: 이영복. ― 서울 : 책미래, 2014 p. ; cm
권중부록: 우리 엄마 ISBN 979-11-85134-11-6 03810 : ₩10000
에세이[essay]
818-KDC5 895.785-DDC21   CIP2014018001

엄마의 공부

막내딸 김휘린

논어의 첫머리에 말씀이 있습니다.

"배우고 때로 익히니 또한 즐겁지 아니한가."(學而時習之 不亦說乎)

공자님 말씀으로 학문의 즐거움을 일깨워줍니다. 그런데 우리가 실제로 학문을 아니 공부를 하며 진정으로 기뻐한 적이 얼마나 있었던가 싶습니다.

어려서는 선생님이나 엄마한테 혼나지 않으려고 숙제하며 공부했고, 청소년기에는 지옥으로 비유되는 입시를 위한 공부를 했고, 사회에서는 치열한 생존경쟁에서 뒤처지지 않으려고 안간힘을 쓰며 공부를 했습니다.

그런데 공자님 말씀은 전적으로 옳으신 그야말로 공자님 말씀이라는 것을 엄마가 공부하는 모습을 보며 저는 뒤늦게 깨달았습니다.

78세라는 늦은 나이에 공부를 시작해 한글을 깨친 엄마는 공부라는 것이 얼마나 즐거운지 행동으로 보여주셨습니다.

제가 자식이라서 더욱 그렇게 느꼈겠지만, 엄마의 행동은 하나하나 감동이었습니다. 우리에게는 너무나 당연하여 미처 느끼지 못했던 것들이 당신에게는 세상에 둘도 없는 기쁨과 행복으로 보였습니다. 옆에서 그것이 얼마나 소중하게 느껴졌는지 바라보는 제가 같이 뜨거워지며 공부의 참뜻을 새록새록 깨닫게 되었습니다.

아이가 반짝이는 눈망울로 나비를 바라보고, 사람들의 표정 변화에 까르륵 까르륵 반응하듯 엄마는 공부와 놀며 사랑에 빠져들었습니다.

엄마에게 스승의 날은 당신의 선생님이 계셔서 행복한 날이 되었고, 선생님께 감사를 드릴 수 있어 즐거운 날이었으며, 선생님께 꽃을 사다드릴 수 있어 행복한 날이었습니다.

또 방학은 선생님들께 안부 편지를 쓸 수 있어서 좋은 날들이 되었습니다. 숙제도 누구의 부탁도 아닌 마음에서 우러난 공부의 열정이 불러일으킨 자발적인 편지가 이어졌습니다. 교장 선생님부터 아는 모든 선생님께 편지가 보내졌고 그렇게 학교에서 가족으로 한 발짝 한 발짝 조금씩 조금씩 엄마의 글자가 퍼지기 시작했습니다.

엄마는 한글을 깨치고 난 후 모든 특별한 일에 글자를 채우셨습니다. 그 무엇도 엄마의 손끝을 통해 글로 표현되는 것에서 피해 갈 수 없었습니다.

새해가 되어 세뱃돈을 주실 때 언제부터인가 글이 첨부되기 시작했습니다. 직접 생각하신 아주 짧은 글이나, 좋은 글을 베껴 쓴 종이에 세뱃돈을 싸서 봉투에 넣어 주시는 것이었습니다. 명절이 다가오면 젊었을 적 당신만큼이나 아주 바쁘시게 되었습니다. 그 많은 자식들과 손주들에게 줄 글을 모두 꼼꼼히 챙기셨으니 어쩌면 신경을 더 많이 쓰셨을 것입니다.

또 자식들에게 보내는 된장이며, 누룽지며, 갖가지 음식들의 포장에는 엄마가 손수 쓰신 메모가 하나하나 붙여졌습니다. 자식들과 며느리들이 보게 되었고 그 마음도 함께 다가왔습니다. 또한 외국에 가 있거나 입시 공부를 하는 당신 손주들에게도 사랑과 마음을 담아 편지를 보내시기도 하셨습니다.

이러한 모든 것들을 저는 나중에야 알게 되었습니다.

사람들이 당신께 그 나이에 공부해서 뭐에 쓰려고 그리 열심히 학교를 다니느냐, 물으신답니다. 엄마는 그 답을 제게 하셨습니다.

그건 사람들이 몰라서라고, 쓸 재미를 못 느껴서라고 그러십니다. 엄마는 선생님이 가르쳐 주시면 그저 열심히 하십니다. 그리고 그걸 100퍼센트 아니 200퍼센트로 활용하십니다.

시가 무언지도 모르면서 시도 쓰고, 백일장이 무언지도 모르면서 백일장도 나가십니다.

학교에서 선생님이 시를 쓰라 해서 시가 무어냐 물으셨답니다. 어떤 것에 대해서 자기 마음이 느끼는 대로 짤막하게 쓰는 거라고 가르쳐주셔서 그렇게 썼는데 그걸 시라고 부르고 잘 썼다고 말하는 것이 어리둥절하고 신기하셨답니다.

어느 날 선생님이 백일장에 나가라고 해서 백일장이 무어냐고 또 물으셨답니다. 정해진 장소에 모여서 무엇에 관해 쓰라고 하면 그것에 대해 생각나는 대로 쓰면 된다고 하셨답니다.

선생님 말씀이라면 깜빡 믿는 순진한 학생인 엄마는 나가라는 대로 나가셨습니다. 그리고 자기가 쓰고 싶은 사람한테 편지를 쓰라 해서 쓰셨습니다. 그 글이 상을 받고 플래카드에 이름이 걸렸습니다. 그런 것들이 정말 기쁘고 재미있어 어쩔 줄을 몰라 하셨습니다.

사실 시가, 백일장이 별 것인가요. 보고 느끼는 대로 쓰는 소박하고 순수한 마음이 글의 본질 아닐까요?

이렇게 엄마에게 배움과 글은 즐거움 그 자체였습니다. 옆에서 보는 우리에게도 그 한 가지 한 가지 일들은 우리에게 너무 당연해서 미처 느끼지 못하고 지나쳤던 것들을 새롭게 느끼게 해주는 신선한 감동이었습니다.

그런 엄마에게 차마 견디기 힘든 일이 생겼습니다. 그건 저의 남동생, 엄마에게는 목숨보다 소중한 큰아들이 세상을 떠난 것입니다. 삼대독자 집안에 시집 와서 위로 딸을 여럿 낳아 고통스런 시간을 보내다가 낳은 아들이었고, 그렇게 얻은 아들이 소아마비로 불구가 될 고비에도 오로지 당신의 지극정성으로 고쳐낸 아들이었습니다.

이 양반이 내 목숨보다 소중한 아들이라고 해도 누구도 토를 달 수 없는 아들이 세상을 떠난 것입니다. 그 비통함은 차마 옆에서 보기 힘든 일이었습니다. 자식은 가슴에 묻는다는 말이 고스란히 느껴지는 모습이었습니다. 갑작스런 사고였기에 처음 며칠을 멍하게 지낸 후에 계속해서 "나는 괜찮다" 하셨습니다. 다른 자식들을 앞에 두고 먼저 간 자식 생각으로 몸져눕는 것이 면구스럽다고 생각하셨나봅니다. 그러나 음식을 전혀 못 넘기고 몸을 못 가누는데 어떻게 괜찮았겠습니까.

그래도 시간이 약이라고 조금씩 회복되는 듯해 보여 조금씩 안도했습니다. 그런데 그렇게 슬픔을 삭이는 동안에 글이 엄마에게 큰 위안이 되었다는 것을 나중에야 알게 되었습니다. 작은 체구에 여리게 생긴 외모와 달리 엄마는 자존심이 아주 강하셨습니다. 그래서 당신의 슬픔을 남들에게는 말할 필요도 없고, 자식들에게까지도 드러내지 않으셨습니다.

나중에 알고 보니 엄마의 치유는 글이었습니다. 슬픔 속에서 당신의 마음을 글로 썼다는 것을 알게 되었습니다. 임금님 귀는 당나귀 귀라고 누구에게도 말할 수 없던 사람이 찾아갔던 대나무 숲처럼 글은 엄마에게 누구에게도 할 수 없는 이야기를 맘껏 해도 되는 대나무 숲이었습니다.

엄마는 자주 말씀하십니다. 그때 78세라고 너무 늦었다고 생각해서, 공부를 안 했더라면 어쩔 뻔했느냐고.

엄마에게 글은 이렇듯 즐거움이고, 당신의 속내를 드러낼 수 있는 대나무 숲이고, 살아가는 활력소가 되는 에너지원입니다.

그래서 이 책은 그런 엄마의 행복과 감동을 남들과도 함께 나누고 싶은 딸의 마음으로 시작하게 되었습니다. 그저 소박하고 평범하지만 그 속에 담긴 진심은 어떤 지식과도 견줄 수 없는 큰 힘을 지녔다고 믿습니다. 그러니 비록 소소하고 지극히 사적인 느낌이어도 널리 이해해 주시기를 부탁드립니다.

2장_ 인생은 하루하루가 여름이다

- 뜨겁던 뙤약볕, 소나기, 시원한 바람 다시 땡볕과 폭풍

3장_ 단풍은 시나브로 물든다

- 햇볕에 여문 한나절, 예쁜 색이 곱기도 아쉽기도…

4장_ 봄이 오려고 겨울이 춥구나

- 서운한 듯하게, 그렇지만 때에도 맞게, 그렇게…

부록_ 우리 엄마
- 김휘린

1장
여든 번째 봄

- 씨앗은 물을 기다렸다

봄

사람들이 겨울 내내 기다리던 봄
온 세상 만물도 기다리던 봄
지난겨울에 죽었던 새싹도 새순 내고
나뭇가지에는 봄꽃이 피고
새들은 하늘 높이 난다.
입춘, 우수, 경칩 오는 봄
농부님들은 농사를 준비한다.
나도 마당 한 쪽에 시금치, 상추, 방울토마토 심고
아침저녁으로 인사한다.

세상에 태어나서 두 번째 보는 중학교 검정고시 시험을 보기 위해 버스 타고 전주로 갔다.

소장님, 국장님, 팀장님, 선생님들도 여러분 가셨다.

꼭 합격했으면 좋겠다는 마음에 최선을 다하리라 다짐한다.

모두들 마음을 써주었고 막내아들 종덕이가 더 신경을 써주어, 꼭 합격해서 "엄마 합격했다." 하고 큰소리로 전화해주고 싶다.

학교에서 전화가 왔다.

내가 합격을 했다고 한다.

믿어지지 않는다.

내가 합격을, 게다가 우리 학교에서 1등으로 합격했다고 하니 더더욱 감격하여 엉엉 울다가 허허 웃어도 본다.

그러다가 아이들한테 전화해서 "엄마, 합격했다!" 했다.

아이들 모두 "우리 엄마! 우리 엄마!" 하고 소리쳤다.

금방 큰사위한테 꽃바구니가 왔다. 그 후 우리 아이들 모두에게서 전화와 꽃바구니, 화분이 왔다.

너무 기뻐서 나도 정신이 없다.

이게 꿈인가?

아니여, 사실이지….

6월 3일

학교엘 갔더니 서천신문 기자가 나를 신문에 내겠다고 인터뷰를 하러 왔다.

내가 가난해서 공부를 할 수 없었던 이야기며, 이런저런 옛날 얘기도 하고 사진도 찍었다.

그렇게 하고 집에 돌아오는데 내가 꿈에서 헤매는 기분이다.

6월 9일

대문에 꽂힌 신문을 보니 거기에 내가 우뚝 서있다.

너무나 반가웠다.

'이게 정말 이영복이가, 틀림없는 이영복이가 맞는 거여?'

너무 좋아서 '내가 어떻게 신문에 다 나왔나?'

너무도 신기해서 보고 또 보고 다시 보고 만져보고 했다.

사실이다.

그 후 나를 만나는 사람마다 "장하다, 대단하다"며 격려해주어서 모든 분들께 감사했다.

가방 여섯 개

나는 가방이 여섯 개다.

월요일 문화교육센터 한글반 가방

화요일 보건소 백세아카데미 가방

수요일 노인대학교 가방

목요일 보건소 정신교육센터 가방

금요일 문화교육센터 가방

일요일 교회 가는 성경 가방

매일 아침 그날그날의 가방을 들고 나간다. 정말 바쁘다. 그렇게 살다보니 시간이 없어서 서울 아이들이 오라고 해도 못 간다.

나는 세상을 참 바쁘게 살았다. 젊을 때는 가난을 이기느라 바빴고, 중간에는 아이들 학교에 보내고 서울을 왔다 갔다 하느라 바빴고, 한때는 남편이 아파서 병원에 다니느라 바빴고, 지금은 내가 어릴 때 못 한 공부하느라 바쁘다.

월요일은 문화교육센터 한글반에 가고

화요일은 보건소 백세아카데미 교실에 가고

수요일은 노인대학교 가고

목요일은 보건소 정신교육센터에 가고

금요일은 문화교육센터에 간다.

그래서 남들이 할 일이 없다고 하면 나는 이상하게 들린다. 일은 만들어서 하면 되는 건데…. 나는 지금도 바빠서 좋고 아직도 할일이 많아서 좋다. 끝까지 이렇게 살고 싶다.

글씨

　나는 글씨를 잘 써보고 싶다. 그런데 잘 안 써져서 속이 상한다. 연습을 많이 했는데도 잘 못 쓴다. 때문에 이런저런 종이에다 연습도 많이 했고, 글씨를 쓸 만한 종이는 하나도 버리지 않고 글씨 연습을 한 뒤에 버렸다. 그런데도 늦게 배운 사람들보다 내 글씨가 안 예뻐서 속이 상했다.

　내가 글씨 때문에 하도 속상해 하니까 막내딸이 글씨 이쁘게 쓰는 공책도 사다주었다. 쓸 데 없는 거였다. 딸한테 걱정시켜서 미안하기만 했다. 다시 생각해보니 남들도 못 쓰는 사람이 더러 있기는 했다. 그런데 '나는 왜 글씨를 예쁘게 쓰기를 원하나?' 전에 한글을 몰랐을 때는 남의 앞에서 내 이름 석 자 써보는 게 꿈이었는데 지금은 이름 쓰는데 예쁘게 글씨를 써보고 싶어졌다. 이건 내 욕심일 뿐인가 하는 생각이 든다.

　돌아간 내 남편도 글씨는 안 예뻤다. 그래도 할 것 다했다. 남들한테 돌려서 사기도 안 당하고 야무졌다. 그러니 상관없다.

욕심을 비우고 앞으로 건강이 허락되는 날까지 열심히 해보자.
공든 탑은 무너지지 않는다. 계속해서 최선을 다해 연습하다보면
내 마음에 꼭 드는 예쁜 글씨도 쓸 수 있을 거야.

세상에서 가장 맛난 국밥

내가 어릴 때는 서천 5일장이 군청 옆에 섰다. 지금은 사거리에 선다. 장에 가보면 사는 사람 파는 사람도 많고 물건도 진짜 많았다. 어머니를 따라 장 구경을 가서 여기 저기 구경하다 보면 하루가 후딱 지나갔다.

하루는 어느 국밥집 앞에 서 있었다. 김이 펄펄 나고 국밥이 푸짐하게 끓고 있었다. 저절로 침이 꼴깍 넘어갔다. 촌 아저씨가 한 분 오셨다. 장에 오시느라 아침도 제대로 못 드셨는지 "아줌마, 여기 국밥 한 그릇 줘유." 하신다.

아주머니가 뚝배기에 밥 한 주걱 담고 선지, 곱창 한 주먹 넣고 대파 숭숭 썰어 넣고 펄펄 끓는 국물을 뚝배기가 넘치도록 부어준다.

아저씨도 얼마나 시장했는지 김을 후후 불며 아주 맛있게 잡수신다. 보는 나도 너무나 먹고 싶어 저절로 침이 넘어갔다.

빨리 집으로 가보니 찬 보리밥밖에 없다. 시장에서 본 해장국이 더 먹고 싶어졌다.

그래도 어쩔 수가 없어서 보리밥에 고추장 넣고 비벼서 먹었다. 보리밥을 먹으면서 그 해장국 생각을 했더니 맛이 있었다.

지금도 밥맛이 없을 때면 그 해장국이 생각나고 뚝배기를 들고 맛있게 드시던 아저씨도 눈앞에 떠오른다. 어데 가면 그렇게 맛있는 해장국을 먹을 수 있을까, 지금도 가끔 생각난다.

산 임자 할아버지

열일곱 살 되던 해, 10월 19일 시집을 갔다. 우리 집은 읍내였는데 그곳에서 십 리쯤 떨어진 촌으로 갔다.

물동이도 일 줄 몰랐고, 방아도 찧을 줄 몰랐는데 어머니가 가라고 하셔서 시집을 갔다. 아버지가 갑자기 돌아가시고 혼자되신 어머니가 입을 하나라도 줄이려고 나를 시집보내신 거였다. 그때 나는 시집이 뭔지도 몰랐다. 끼리끼리여서인지 우리 집이 가난하니까 시집간 남편집도 가난하였다.

시어머니는 없고 몸이 불편하신 시아버님만 계셨다.

아무 생각 없이 열흘을 살고 보니까 쌀도 나무도 아무 것도 남은 것이 없었다. 어떻게 하나 막막하기만 해서 혼자서 울고 또 울었다.

옆집 아주머니가 "기왕 왔으니 어쩌겠느냐, 나하고 나무하러 갈래?" 하고 물으셨다.

우리 집은 가난했어도 나무나 그런 건 해본 적이 없었다.

"나무는 어떻게 하는데요?"

여쭈었더니 "자루하고 갈퀴하고 가지고 날 따라와라" 하셨다.

시집 온 지 열흘밖에 안 된 새 각시가 빨간 새 각시 치마를 입고 산에 가서 나무를 했다. 아주머니 하는 걸 보고 나무를 갈퀴로 긁어서 자루에 넣었다.

산 임자를 만나면 작대기로 맞는다고 해서 정말 손발이 떨려서 정신이 하나도 없었다. 내가 하도 무서워 하니까 아주머니가 그만 가자고 해서 내려오다가 정말로 산 임자 할아버지를 만났다.

할아버지가 "누구여?" 하는데 나는 너무 겁이 나서 아무 말도 못하고 아주머니 뒤로 숨었다. 빨간 치마 입은 새 각시가 나무하러 온 것도 부끄러웠다.

"옆집 새댁이에요. 나무가 없다고 해서 할아버지 산에서 불쏘시개 조금 긁어줬어요."

아주머니가 대답하신다. 할아버지는 나를 위아래로 훑어보셨다. 무섭고 부끄러워서 얼굴을 들 수가 없는데 혀를 차며 말씀하신다.

"저런…, 안됐구면. 앞으로 불쏘시개가 없으면 살짝 와서 조금씩 긁어다 때여. 어린 사람이 고생이 많구면."

그 후로 가끔씩 산에 가서 나무를 하게 되었다. 할아버지는 나를 봐도 못 본 척해주셨다. 그래도 나는 늘 무섭고 부끄러워서 말 한마디 못하고 고개만 숙여 인사만 했다.

지금 생각해봐도 참 고마우신 분이셨다.

백 쪽 치매

내가 시집갔을 때 도만리에는 80호 정도의 집이 살았다. 큰 부자는 없었지만 다들 자기네 먹고사는 데는 걱정이 없었다. 남편네가 제일 가난한 집이었다. 남편이 다섯 살 때 시어머니가 돌아가셨고 그래선지 살림이라 할 것이 아무 것도 없었다.

시아버지는 촌양반이어도 머리가 깨인 분이셨던 것 같다. 앞으로의 세상은 기술을 배워야 한다고 아들을 일찍 대처로 보내서 양복 기술을 배우게 하셨다. 그런데 일정 말기라서 양복천이 없어서 장사를 할 수 없었다.

남편도 한 집안의 가장으로 이런 일 저런 일 가릴 상황이 아니었다. 돈이 되는 일이면 마다하지 않고 남의 집 농사일도 해주고 양복일도 가져오는 천으로 꿰매주기도 했다. 시간이 없던 남편은 한밤중에 산에 가서 나무도 한 짐씩 해다 주었다.

나는 돈은 안 벌었지만 한 푼이라도 아끼고 절약하며 살림을 했다. 치마를 하도 여러 군데를 기워 입어서 동네 아주머니들께서 "네 치마는 백 쪽 치매구나" 하셨다. 그렇게 해서 555평 논을 사게 되었다. 너무나도 가난했던 우리가 논을 샀다는 기쁨에 잠이 오지 않았다. 동네 어른들께서도 "백 쪽 치매 논"이라고 부르라고 하셨다.

돈이 많지 않아서 집에서 멀리 떨어진 논을 샀다. 그래도 우리 논이 있다는 기쁨에 멀다는 생각은 해보지도 못하고 일을 하러 다녔다.

나중에는 우리 논이 2만 6천 평이 되었다. 지금은 이사를 와서 그곳에 살진 않지만 도만리에 땅을 사서 주차장으로 기부도 했다. 제일 가난했던 우리가 그런 일을 해서 돈이 나가는데도 기분이 참 좋았다. 다 백 쪽 치매 덕분이다.

11월 30일

우리 학교에서 체육대회를 했다. 청군백군 시합을 하는데 가벼운 사람을 업고 달리는데 내가 가벼워서 젊은 사람이 나를 업고 달렸다.

어릴 적 아버지 등에 업혀본 이후 처음으로 남자 등에 업혀보았다.

1월 20일

교회에 갔더니 오늘이 목사님 생신이라고 점심에 고깃국, 잡채, 떡, 과일까지 잘 차려주시어 모두들 잘 먹었다.

나이가 많든 적든 생일은 좋은 날인가보다. 어릴 때 내 생일이라고 어머니가 떡을 해주시면 너무 좋아서 친구들한테 자랑하며 먹던 기억이 난다.

그때는 떡이 귀해서였나?

1월 25일

아침에 학교엘 갔더니 친구 하나가 또 생겼다.

형제 하나가 생겨서 참 좋다.

친구 중에 제일 좋은 사이가 어릴 때 같이 큰 친구이고 학교 동창이라고 하던데 나는 어릴 때 학교를 못 다녀서 그런 친구가 없었다.

요즘엔 공부도 하고 친구도 많이 생겨서 정말 즐겁고 행복하다.

살아있는 날까지 건강 잘 지켜서 친구들과 많이 배우고 싶다.

사람은 어떤 인연이든 맺어보면 좋은 인연이 된다.

옆집 황 집사님 친구라고 서울에서 사는 젊으신 분을 가끔씩 만

나는데, 나를 보고 어머니 같다며 존경해주니 나도 딸 같은 기분

이 든다. 나는 딸 복이 많은 사람인가보다.

나이 많은 나를 잘 챙겨주니 너무 좋다.

내 건강 잘 지켜서 모두의 좋은 어머니가 되어보자.

3월 5일

어릴 때 학교를 못 가서 초등학교 공부를 못 했는데 이번에 초등학교 공부를 해보니 어린 시절로 되돌아간 기분이 되어 참으로 즐겁고 행복하다.

4월 30일

나는 공부를 잘은 못해도 좋아한다.

어릴 때 친구는 학교 가는데 나는 못 가서 너무 많이 울던 생각이 지금도 잊히지 않는다.

그래서인지 공부하러 갈 때면 기분이 너무 좋다.

5월 14일

내일이 어릴 때 친구들을 부러워하던 그 날 스승의 날이다. 어릴 때 학교 못 다녀서 스승의 날이라고 친구가 꽃 사가지고 선생님한테 가는 걸 보며 너무 부러워 울기도 했었다.

그런데 바로 그 날인 내일, 선생님도 여러 분 계시고 학교에도 간다. 슬퍼했던 그 날이 참으로 행복하고 즐거운 날이 되었다.

내게 이런 날이 온다고는 생각도 못 했겠지.

6월 4일

학교에서 선생님이 우리나라 지도를 그려보라고 하시는데 얼마나 좋은지….

어릴 때 학교를 못 다녀서 하지 못했던 일들을 지금 해보니 참으로 좋다.

선생님께 감사, 감사했다.

오늘은 내가 졸업하는 날이다. 공부에 한이 맺혀서 살았던 내가 이젠 공부도 하고 졸업이라는 영광의 자리에 설 수 있게 되었다. 믿어지지 않는다. 정말 감격적인 날이다.

이 졸업식을 빛내주려고 온 가족이 다 모였다. 요즘 어느 졸업식에 4대가 다 모이겠는가?

정말로 감격하지 않을 수 없다.

동생 내외와 우리 아이들 손자들, 그 밑의 아이들까지 와서 참으로 고맙다는 생각이 든다. 게다가 자식들이 장학금까지 내어주어 더욱 자리가 빛이 났다.

아이들에게 참으로 고마운 마음이 들었다.

공부처럼 좋은 건 없다

세상에 사람으로 태어나서 여러 가지 일을 한다. 그런데 하면 할수록 보람되는 일이 공부라고 생각하게 된다. 처음 한글을 배우러 갈 때는 남 앞에서 내 이름 석 자를 떳떳이 써보고 싶었다. 그런데 지금 공부하고 나서는 다른 좋은 일이 참 많다.

나이가 많으면 젊으신 분들과 어울리기가 어려운데 공부하러 가면 젊으신 분들을 많이 만날 수 있다. 내가 나이가 많다고 모두들 잘 보살펴주며 존경해준다. 요즘 노인들 구박하는 데도 많다는데 공부하러 가면 대우를 받는다. 또 시골 늙은이가 군수님이나 높은 분들과 밥 먹고 만나서 악수도 하는 일들이 거의 하기 어려운 일인데 공부를 하다 보니 자연적으로 그런 일들도 많이 생겼다. 행사장에서 군수 영감이 나만 보면 벌떡 일어나서 사람들이 깜짝 놀란다. 나이 들어 공부한다고 나를 존경해주는 것 같다.

공부 시작해서 체육대회도 해봤다. 어릴 때 못 해 본 거라서 신기하고 재미있었다. 청군백군이 한 사람씩 업고 달리는데 우리 청

군에서는 내가 제일 작고 가벼워서 젊은이가 나를 업고 달려서 우리 청군이 이겼다. 어렸을 때 아파서 병원 가느라고 아버지 등에 업혀보고 남자 등에 업혀본 게 두 번째였다.

늦게라도 공부를 시작해서 별별 경험을 다 해봤다. 공부처럼 좋은 건 없다.

이희정 선생님께

선생님 안녕하세요. 저 이영복이에요.

더운 여름도 다 가고 이제는 모두가 좋아하는 가을이 오고 있어요.

선생님 저는 어릴 때 가난하여 공부를 못 했어요. 그래서 언제나 남 앞에서 이름을 써보는 게 꿈이었어요. 그러던 어느 날 글을 가르쳐 주는 곳이 있다는 소식을 들은 후 전화로 몇 살까지 갈 수 있냐고 물었어요. 나이는 상관없으니까 오기만 하면 된다는 대답을 들었어요. 너무 좋아 거기에 내 이름을 써놓으라고 꼭 갈 거라고 당부해 놓고 어린 소녀가 되어 그날을 기다렸어요.

나도 공부할 수 있다는 생각에 너무 좋아서 잠도 오지 않고 마냥 즐겁고 행복한 마음으로 갔는데 깜짝 놀랐어요.

내가 공부하기에는 너무 늦은 것 같다는 생각이 들었어요. 어쩌나, 어쩌나 하고 잠시 망설였지만 이대로 물러설 수는 없다, 무슨 일이든 최선을 다하면 꿈은 꼭 이루어진다고 믿고 지금까지 노력하고 있어요.

앞으로도 건강만 허락된다면 더욱 열심히 공부하여 선생님의 자랑스러운 제자가 되고 싶어요. 저는 공부하는 것이 정말 즐겁고 행복합니다.

선생님, 힘드시겠지만 잘 부탁드려요.

안녕히 계세요.

2012년 8월 24일

이영복 올림

세상엔 배울 게 많아

학교를 못 가서 "가갸거겨" 공부를 못 했다. 그래도 세상 살면서 여러 가지 많이 배웠다. 서천에 와서 좋은 논을 사게 되었다. 돈이 조금 부족했는데 남편이 그 논에 욕심을 내어 동네 신 소장 할아버지한테 꾸기로 했다. 남편이 가서 돈을 가져오라고 해서 신 소장 댁에 갔다.

증서를 가져왔냐고 소장님이 물으셨다. 그럴 때 증서가 필요하다는 것을 우리는 몰랐다. 아니라고 대답하고 그냥 집으로 오려고 하는데 소장님이 부르시며 그냥 가져가라고 돈을 내어주셨다.

돈을 가지고 나오는데 소장님 며느리가 따라 나오며 "우리 아버님이 증서를 안 받고 돈 내어주는 건 처음 봤다. 애기 엄마는 어떻게 그런 신임을 받았는지 모르겠다"고 나한테 말했다.

집에 와서 남편한테 그 이야기를 했더니 남편도 깜짝 놀라 실수했다고 하더니 바로 증서를 써주며 갖다드리라고 했다. 증서를 가지고 갔더니 소장님이 섭섭하게 생각하지 말라고 하시며 그 이유를 설명해주셨다.

"이 증서가 없으면 나중에 서로가 안 좋을 수가 있다. 만약에 일이 잘못 되었을 때 흑백을 어떻게 가리겠는가, 내가 쌀 열 가마 주고 스무 가마 줬다고 할 수도 있고 자네가 열 가마 가져가고 다섯 가마 가져갔다고 하면 누가 그걸 가려 주겠냐."

소장님한테 섭섭하지 않다고 우리가 몰라서 죄송스럽다며 인사하고 집으로 와서 남편한테도 그대로 얘기해주었다. 우리는 정말 큰 공부를 했다고 생각하고 그 후로는 무슨 일이든 완고하게 증서를 썼다. 남편은 무슨 일이고 시작하면 완고하게 끝까지 해내는 사람이었다. 그래서 세상 떠나기 전에 유언장도 확실하게 증서로 써 놓은 것 같다.

학교 공부는 못 했지만 세상 살면서 많은 걸 배웠다. 그 덕분에 잘 살 수 있었다.

외국에서 온 학생들에게

외국에서 온 학생들에게
우리 반에 꽃이 핀 기분 이예요.
노인들만 있어서 재미가 적었는데
학생들이 오니 우리도 젊어진 기분이
들어서 정말 좋아요.
말은 통하지 안해서 약간 답답 하지만
학생들은 금세 배울 거에요.
우리는 나이가 많아서 배워도 금세 잊어요
학생들은 배우는 대로 다 저축이 되니까
열심히 배워서 우리 서로 즐겁게 지내요.
우리 서로 이야기도 하고 즐거운 소풍도 가요
올가 사라 베라 하나 모두 모두들
사랑 해요.   같은반 할머니 씀

하늘에 계신 당신에게

여보 나유 영복이, 당신 집사람

당신 살아있을 땐, 내 이름이 당신 집사람이었는데 지금은 사람들이 이영복 할머니라고 불러요, 당신 생각나요? 내가 여든한 살에 초등학교 검정시험에 붙어서 신문에 났을 때 신문기자가 앞으로 하고 싶은 일이 뭐냐고 해서 그냥 남자 없는 세상을 일 년만 살아보고 싶다고 했는데 벌써 당신 없는 세상을 3년이나 살았어요.

애들이 당신 있을 때처럼 다 잘해줘서 사는 데 힘든 것 없어요.

그래도 당신이 참 아쉬운 때가 있지요. 밖에 나갔다가 집에 왔을 때 얘기할 사람이 없는 것, 당신이 아파서 침대에 누워 있었어도 정신은 멀쩡했으니까 내가 밖에서 들어오면 당신 침대 밑에 손 집어넣고 바깥 일 얘기하던 것이 그렇게 아쉬워요.

우리는 가난한 부모님을 만나서 배운 것도 없었고 일찍 결혼해서 정말 힘들고 어렵게 살았지요. 그런 가난과 무식이 너무 싫어 우리 두 사람 열심히 살아서 자식들에게는 이 가난과 무식을 물려주지 말자고 다짐했지요.

열 손톱이 다 피멍이 들어도 아픈 줄도 몰랐고 손톱은 늘 닳아서 없어졌지 깎아본 적이 없었지요. 지금은 가끔 손톱을 깎는데 참 빨리도 자라대요.

그렇게 참고 노력해서 육남매 모두 잘 키워서 의사, 박사, 사장다 제 자리 잡은 아이들한테 고맙지요.

내 나이 일흔여덟 살 때 공부가 하고 싶다고 당신한테 말했더니 그 나이에 어떻게 공부를 하겠느냐고 아이들 잘사는 모습 보면서 그냥 살자고 하셨지요. 그래도 나는 공부가 너무 하고 싶어 한글을 가르쳐주는 데가 생겼다는 소식을 듣고 한걸음에 달려갔지요. 열심히 배워서 여든한 살에 초등반 검정고시에 합격해서 2008년 8월 30일, 내 졸업식에 우리가족 4대 25명이 다 모였지요. 나보다도 당신과 가족들이 더 좋아했던 그때를 생각하면 지금도 입이 함박꽃처럼 벌어져요.

나는 공부할 여건이 너무도 맞지 않는 사람이라 더 힘들었어요. 귀도 잘 못 듣고 눈도 한 쪽밖에 볼 수 없는 3급 장애인이잖아요.

그런 나를 우리 선생님들께서 지극정성으로 가르쳐주셨고 당신

이 화장실을 못 가는데도 학교에 갔다 올 동안 참을 테니 다니라고 해서 그런 영광을 볼 수 있었어요. 계속해서 더 많이 배워보고 싶었는데 2010년 4월 27일 당신이 세상을 떠나셨지요. 다 그만둘까 무척 망설였어요. 그런데 아프면서도 학교는 가라고 한 당신이 생각나서 다시 공부하러 다녀요.

우리는 둘 다 정말 공부라면 포한이 진 사람들인가 봐요. 보건소 백세아카데미 백 명이 모이는 데서 혼자 개근도 하고, 교육문화센터 편지쓰기 백일장에서 상도 받았어요. 그런 상 받으면 당신 생각이 정말 많이 나지요. 아이들도 그럴 땐 당신 얘기를 많이해요. 조금만 더 살아주었으면 좋았을 건데 너무도 아쉽지만 그 길은 우리 마음대로 할 수 없으니 어쩌겠어요.

내가 당신 산소에서 한 말 잘 들었지요?

나 없어도 너무 아쉬워 말고 그냥 잘 지내요.

나도 당신 아쉬워도 잘 지내다가 만나러 갈게요.

당신 집사람 이영복

* 백일장에 나가서 쓴 편지로 금상을 받았다

2장
인생은 하루하루가 여름이다

- 뜨겁던 뙤약볕, 소나기, 시원한 바람 다시 땡볕과 폭풍

여름

여름은 너무 덥다.

해도 길고 일도 많아서 쉴 사이 없이 바쁘다.

그래도 여름이 없다면 큰일이다.

뜨거운 햇볕 덕분에 벼도 과일도 잘 큰다.

더위와 많은 일 속에

정신없이 살며 가을을 기다린다.

장항 집에 사는 사람이 셋돈을 준다고 해서 남편이 가서 받아
왔다.

올해는 모두들 장사가 안 된다고 걱정을 한다. 모두가 잘 살아야
하는데 모두가 힘들다고 하니 우리도 걱정이 된다.

명절에 서울로 가니 너무 일이 없다.

내가 늙은 건지 시대가 변한 건지 나도 모르겠다.

2월 4일

아침에 일어나보니 눈이 왔다.

수도세가 많이 나와서 2층에 세 들어 사는 애기 엄마하고 나누어서 냈다.

설 때 떡쌀을 조금 해서 서울에 가지고 가려고 2층의 애기 엄마한테 이야기를 해놓았다.

4월 2일

요즘 2층에서 물이 흘러내려 와서 우리 방이 곤란하다. 고쳐야 하는데 매일 비가 와서 일을 할 수가 없다.

날씨가 사나워서 바다에서 배가 폭발하는 사고가 났는데 구조작업을 못해서 가족들과 군인들의 고생이 말이 아니다.

아까운 젊은이들이 많이 죽어서 더욱 마음이 아프다.

어버이날이라고 서울 아이들의 전화가 계속 온다.

나는 오늘 노인대학 소풍도 못 갔다.

아침에 우리 집 앞길에 풀이 너무 많이 자라서 약을 치고, 목욕을 가고, 머리 파마도 하면서 바쁘게 보냈다.

목욕 갔다가 와보니 옆집 학생이 꽃을 사가지고 왔다. 어린이날 조그마한 선물을 주었더니 좋았었나보다. 나도 꽃을 사와서 달아주니 기분이 좋았다.

아침에 보건소에 가서 친구들도 만나고 노래 공부도 하고 집에
왔다.

시장에 가서 방울토마토 묘목 두 개를 사다 화분에 심었다. 그 옆
에다 상추도 몇 뿌리 심고 물을 주면서 생각하니 무엇이든 이렇
게 심고 가꾸면 잘 자라서 보답을 하는데 왜 사람은 그 보답을
못 하기도 하나 하는 생각이 든다.

사람은 너무 많아서인가?

학교에 가서 친구들과 점심을 먹었다.

선생님께서 일기를 고쳐주시는데 요즘은 고치는 글자가 조금밖에 안 나오니 참으로 기분이 좋다.

우리 선생님은 내가 어릴 때 못 해본 걸 찾아서 할 수 있도록 해주셨다.

그 중의 하나가 지도를 그려보게 하는 것이었다. 참으로 감사했다.

오늘은 중요한 일이 있어서 구역예배도 참석하지 못했다. 다음에는 꼭 참석해야겠다.

학교라도 갈 수 있어서 다행이었다.

집에 일이 너무 많다보니 학교에 지각도 했다.

좋은 학생 되기 참 힘들다.

나는 공부를 얼마 안 해 봤지만 지금 가르쳐 주시는 선생님처럼
자상하게 골고루 가르쳐 주시는 분은 처음 뵙는 것 같다.
그렇게 가르쳐주셔도 모르니 선생님은 얼마나 답답하실까 하는
생각이 든다.

학교에 갔더니 어젯밤에 천둥 번개가 쳐서 무서웠다고들 한다.
나는 귀가 멀어서 아무것도 모르고 잤다. 그렇게 생각하니 내가
외려 불쌍한 것 같다.
공부할 때도 언제나 선생님을 쳐다보고 눈치로 쓸 때도 많다.

자식들과의 첫 만남

열일곱에 아무것도 모르고 시집을 와서 열아홉에 첫딸을 낳았다. 그 후로 딸 둘을 더 낳았고 그 다음에 그렇게 기다리던 첫아들을 낳았다. 다시 아들 둘을 더 낳아서 딸 셋, 아들 셋을 낳았다. 1년이 열두 달이니까 1년에 반은 애기 낳은 달이다.

요즘 사람들은 산후조리를 잘 못해서 여기저기가 아프다고 하는데 나는 산후조리가 무언지도 몰랐다. 나만 그런 게 아니라 그 때는 모두가 그렇게 살았다.

시어머니는 남편 다섯 살 때 돌아가시고 안 계셔서 맏딸을 혼자서 낳았다. 촌이어서 시간을 확실히는 모르고 아침 먹은 후였다. 남편 말로는 열한시 쯤 된다고 했다. 산 너머 사는 시누님이 기별을 듣고 오셔서 미역국과 밥을 해주고 가셔서 하루 누워있다 일어났다.

작은딸은 남편이 군에 입대한 제주도에 면회를 갔다가 임신 아홉 달 만에 낳게 되었다. 민박집 할머니가 참 잘해주셨다. 밭에서 일하다가도 내 밥 챙겨주려고 일부러 들어오셔서 너무나 감사했다. 할머니 덕분에 이틀 동안 편하게 누워있었다. 아침 먹고 낳았는데 할머니 말씀에 그때가 뱀시(사시: 오전 아홉시부터 열한시까지)라고 했다. 뱀띠 해에 뱀시에 낳아서 참 좋을 거라고 해주셔서 기분이 좋았다. 할머니 덕담대로 작은딸이 공부를 잘해서 의사가 되었다. 고마운 할머니시다.

막내딸은 한참 더운 여름 새벽에 낳았다. 아기를 낳고 나서 금세 새벽닭이 울었다. 계속 딸만 낳아서 면목이 없어서 아침밥을 하러 나왔다. 지금 생각해 보면 어떻게 그렇게 살았나, 믿기질 않는다.

큰아들은 크리스마스날 새벽에 낳았다. 그렇게 고대하던 아들이어서 진짜로 행복하게 누워있는데 우리 집 앞에서 교인들이 새벽송을 불러 주었다. 예수님 오신 날, 우리 큰아들이 우리 집에 왔다.

둘째아들은 가을걷이 시작할 때 점심 먹고 낳았다. 들에 점심 갖다 주고 오는데 배가 너무 아파서 정말 힘들었다. 그래도 일꾼 아저씨들 새참을 주어야 해서 정신없이 참을 만들었다. 그리고 방에 들어가서 아기를 낳았다. 또 아들이었다. 세상에 부러울 것이 없었다. 그때는 시계를 걸고 살아서 시간을 보니 세시 오십분이었다. 딸들이 커서 저녁을 챙겨주어 먹고 다음날부터 나가서 일을 시작했다. 가을일이 시작되어서 한유하게 누워있을 수가 없었다.

막내아들은 내 나이 서른일곱에 낳았다. 요새는 늦은 나이에도 아기들을 낳지만 그때로는 너무 늦은 나이였다. 그때는 농사일이 너무 커져서 한번 추수가 시작되면 열흘 쯤 걸렸다. 속으로 생각해보니 아무래도 열흘을 못 견딜 것 같아서 큰 걱정이었다. 추수가 시작된 첫날 저녁때 일꾼 아저씨들이 아무래도 내일은 비가 올 것 같다고 말했다. 비가 오면 일을 못 하니까 내일 아기가 꼭 나왔으면 좋겠다고 생각했다. 밤에 비 소리가 들려서 반가웠다. 다행히 배도 아프기 시작했다. 하루 종일 배가 아팠는데 저녁때가 되어도 아기가 나오지 못했다. 결국 산파가 와서 아기를 내어주었다. 그 다음날 날이 개어서 추수를 다시 시작해서 열흘 후에 잘 끝났다. 나도 다음날부터 나가서 밥을 열심히 해주었다. 비오는 날을 골라 세상에 나와서 우리 집을 편하게 해준 막내아들은 그때도 지금도 착하고 고마운 아들이다.

우리는 차례대로 딸 셋, 아들 셋을 낳았다. 그런데 남편은 늘 남들한테 자식이 셋이라고 말했다. 내가 그러지 말라고 아무리 말해도 못 알아들었다. 딸이 셋이고, 아들이 셋이니까 자식이 셋이라고 생각하는 사람이었다. 그때는 딸을 자식이라고 생각하지 않는 세상이어서 남편 같은 사람이 보통이었다.

서울에 와서도 딸네 집에서 자는 건 질색하였다. "내가 아들이 셋이나 있고 공부도 시켰고 할 건 다 해주었는데 왜 딸네 집서 자겠느냐" 하던 사람이었다. 그런데 사람일은 정말 알 수가 없다. 남편이 아파서 입원했다가 퇴원하고 통원치료를 다니느라고 서울에 있게 되었다. 아들들 집으로 갔을 때 서로가 여간 불편한 것이 아니었다. 아침에 출근도 해야 되고 아이들 학교도 보내야 하고 남편 중심으로는 살 수가 없었다.

아들 며느리가 섭섭해 했지만 혼자 사는 막내딸 집으로 갔다. 남편도 자기가 힘드니까 아들딸 가릴 처지가 아니었다. 허리가 너무 많이 아파서 진통제를 맞아야 해서 의사인 작은딸 집에서도 살았다. 그렇게 해서 나중에는 남편이 아들딸 똑같다고 얘기하게 되었다. 유언장에도 아들딸 똑같이 나누라고 써놓았다.

남편은 고집이 세서 옆 사람이 힘은 들어도 자기가 한번 깨닫고 나면 그대로 하는 사람이었다.

큰아들

남편은 삼대독자 외아들이다. 어머니가 다섯 살 때 돌아가셔서 시아버님은 남편을 엄청 위하셨다. 외며느리라고 나도 아주 예뻐해 주셨다. 첫딸을 낳았을 때는 무척 귀여워하셨다. 혹시 출타라도 하시면 손녀에게 줄 과자 한 봉지라도 사오셨다. 다른 집 아이들이 울면 우리 애기는 울지도 않고 순하게 잘 큰다고 칭찬하셨다. 무엇이든 울애기는 예쁘다고 하셨다.

둘째도 또 딸을 낳았더니 아버님도 남편도 실망이 이만저만 아니었다.

얼마 후 그렇게 바라시던 손자를 못 보시고 세상을 떠나셨다. 삼대독자 외며느리가 손자를 못 안겨드린 죄로 울고 또 울었다.

그 후로도 나는 딸을 둘이나 더 낳았다. 딸만 낳은 죄인이라서 임신했을 때도 아기 낳았을 때도 아프단 말도 못하고 살았다. 그때는 여자가 아들을 못 낳으면 쫓겨나는 세상이었다. 읍내로 이사도 하고 돈도 벌어서 집도 사고 논도 샀는데 아들이 없어서 마음이 늘 불편했다. 다시 임신했을 때 남편한테 약속했다. 또 딸을 낳으면 호적에서 빼겠다고 했다.

정말로 그렇게 되면 어떻게 하나, 나는 죽기라도 할 수 있지만 우리 딸들은 어떻게 하나, 너무 불쌍한 마음이 들었다. 옆집 사는 친구도 임신했는데 자기가 아들을 낳으면 바꿔주고 싶다고 했다. 말만 들어도 고마웠다.

1958년 12월 25일 새벽 네 시. 그렇게 바라던 아들을 낳았다. 아들을 낳고 누워 있는데 교인들의 새벽 찬송 소리가 들렸다. 너무나 행복했다. 내 생명을 구해준 아들이다.

아들을 낳고 집안에도 떳떳한 사람이 되었고 나도 행복했다. 시아버지 산소에 가서도 떳떳하게 말씀드릴 수 있었다.

"아버님 손자가 태어났어요. 아버님 생전에 못 안겨드려서 죄송해요. 이제라도 김씨 집안에 대를 이어서 좋아요. 잘 키울게요."

아들은 집안의 꽃이었다. 보기만 해도 그냥 좋았고 세상에서 부러울 게 없었다. 그런데 어제까지 잘 놀던 아이가 밤에 열이 나고 앓기 시작했다. 다음날 아이가 걷지를 못한다. 세 살이라 잘 뛰어 놀았는데 이게 무슨 일인가.

너무 놀라서 아이를 업고 병원에 가보니 소아마비라고 한다. 우리 동네에도 소아마비로 못 걷는 아이가 셋이나 있는데 이걸 어쩌나….

다시 아기를 들쳐 업고 장항, 군산에 있는 큰 병원은 다 가봤다. 하나같이 소아마비라고 한다.

이걸 어쩌면 좋단 말인가. 너무나 기가 막히고 어이가 없어 말이 나오지를 않았다.

얼이 빠진 나에게 앞집 약국 아저씨가 군산도립병원의 박사님한테 가보라고 하셨다. 거기를 갔더니 박사님께서 소아마비인데 병원보다는 엄마가 잘해야 고칠 수도 있는데 너무 힘들어서 못 할 거라고 하신다.

너무나도 반가워서 무슨 일이든 가르쳐만 주시면 다 해보겠다고 했다. 때는 삼복더위인데 집에 가서 방에 뜨겁게 불을 때고, 더운 방에서 아기 다리에 뜨거운 물찜질을 계속하라고 했다.

아들을 업고 집에 와서 의사 선생님이 가르쳐주신 대로 했다.

방에 뜨겁게 불을 때고 뜨거운 물수건으로 다리에 계속 물찜질을 하는데 너무 더워서 죽을 것만 같았다. 지금처럼 고무장갑도 없는 세상이라 내 손이 다 물러서 차마 볼 수가 없게 되었고 아들과 나는 온몸에 땀띠가 나서 사람 몰골이 아니었다. 그래도 나는 이렇게 하면 고친다고 했으니 잠도 안 자고 계속 했다.

날마다 새벽에 아이를 업고 차 타고, 배 타고 병원에 가서 치료받고 집에 오면 점심때가 다 된다. 땀띠 때문에 아기도 나도 온몸이 가렵고 따가워 참을 수가 없었다.

5일째 되던 날 병원에 갔더니 선생님이 치료를 다 해주시고 아기를 아래층에 놓아두고는 엄마만 이층으로 올라가보라고 하셨다. 내가 이층 계단으로 올라가니까 아기가 나를 따라오느라고 비틀비틀 두 계단을 올라왔다. 의사 선생님이 손뼉을 치며 소리쳤다.

이제 됐으니 병원도 그만 오고 물찜질도 그만 하라고 하셨다. 그리고는 내 꼴이 하도 안돼 보였는지 나도 치료를 해주시며 엄마의 정성이 아들을 고쳤다고 탄복하셨다.

여러 사람에게 이 방법을 가르쳐 주었는데 아무도 못 했는데 아기 엄마가 대단하다고 칭찬해주셨다.

온몸에 땀띠가 나고 고름이 흘러 머리가 고름으로 붙어버렸었는데 하도 좋아서 내 땀띠는 따갑지도 않았다.

그 후로도 걱정이 되어서 3일을 더 병원에 다녔다.

우리 아들 소아마비를 고쳤다는 소문이 돌아 사람들이 물으러 왔다. 나는 잘 모르니까 의사 선생님이 시키는 대로 했다고 대답했다.

나는 뜨거운 방에서 뜨거운 물찜질만 했다. 에미가 되어서 그까짓 것 못 할 것 없다. 그보다 더한 것도 할 수 있다. 나한테 물으러 온 엄마들도 나처럼 했을 건데 못 고쳤다고 한다. 왜 그런지는 모르겠다.

나중에 테레비에서 보니까 소아마비는 처음에 막힌 혈관을 빨리 뚫어주어야 하는데 우왕좌왕하다가 때를 놓치면 못 고친다고 하였다. 무엇이든지 때가 있나보다.

그 아들이 잘 커서 군대를 가게 되었다. 아무 표시도 안 나고 잘 걷고 잘 뛰어다니는 아들이 감사했다. 그래도 군대는 안 보내고 싶었다. 아무 것도 모르는 상관이 기합을 많이 주면 어떻게 하나 걱정이 되어 군대를 빠지게 하고 싶었다. 그런데 촌에서 사는 무식한 사람들이라서 길을 찾을 수가 없었다. 돈으로 되면 논이라도 팔아서 해보겠는데 길을 모르니 어쩔 수가 없어서 군대를 보냈다.

군대에 간 후 보내온 옷을 받고 엉엉 울다가 마음을 고쳐먹었다. 그때 소아마비를 못 고쳤으면 군대도 못 갈 터인데, 잘 나아서 대한민국의 씩씩한 남자로 국방의 의무를 할 수 있으니 얼마나 다행인가.

그때 소아마비를 앓은 아이들이 여덟 명이었는데 우리 아들 종삼만 고쳤다. 그런 아들한테 나쁜 일이 생길 리가 없다. 나는 내가 할 수 있는 대로 기도만 열심히 하면 된다, 그렇게 생각했다.

남편

남편의 호적을 늦게 올리는 바람에 군대를 늦은 나이에 가게 되었다. 아버님 돌아가시고 남편도 군대 가게 되어 나는 갑자기 두 아이를 데리고 혼자 살게 되었다. 어떻게 살아야 하나 걱정이 태산이었다. 그래도 어쩌겠는가. 남편은 군대에 가고 나는 혼자 살 수밖에 없었다.

이상하게도 남편은 멀고도 먼 제주도로 훈련을 갔다. 면회를 가야 하는데 나는 임신 중이었다. 서천에서 출발해서 군산, 이리, 목포를 거쳐서 제주읍까지 가자니 4박 5일이 걸렸다. 도착해서 남편을 만나보니 기가 막혀서 말도 안 나왔다. 원래도 말랐는데 너무 말라서 내가 알아볼 수 없을 정도였다.

왜 이렇게 되었냐고 물어보니 배가 고파서 훈련을 할 수가 없는데 그런 말을 잘못하면 매만 더 맞고 더 힘들어진다고 했다. 돈이 있으면 간식이라도 사먹는데 돈이 없어서 늘 배가 고프다고 했다.

이대로 두면 죽을 수도 있겠다는 생각이 들어 더럭 겁이 났다. 여비하고 조금 주려고 들고 간 돈을 다 주고 집으로 돌아왔다. 집에 와서 만들 수 있는 대로 돈을 만들어서 다시 제주도로 갔다.

워낙 먼 길이라서 오며가며 시간이 많이 걸렸다.

다시 만난 남편은 얼굴이 많이 좋아져 있었다. 전번에 준 돈으로 약도 사먹고 간식도 사먹어서 건강이 괜찮아보였다.

그런데 이번에는 너무 먼 뱃길 찻길이 내게 무리가 되었는지, 아기가 9개월째에 나와 버렸다. 집에 두고 온 아이들이 걱정되었지만 꼼짝 못하고 3주를 제주에서 살게 되었다.

그때 낳은 딸을 제주도에서 낳았다고 하여 제희라고 이름 지었다.

지금 생각하면 그때 세상에는 참 일이 많았다.

남편과 나는 어린 나이에 만났다. 둘 다 가진 것도 없었고 배운 것도 없었다. 무엇이든지 크든 작든 가리지 않고, 큰일 작은일 가리지 않고 최선을 다하면 좋은 결과는 꼭 온다고 생각했다.

농사지을 때도 남들보다 더 많이 논에 가보았다. 논에 한 번 가면 벼가 한 말씩 얻어진다고 해서 자주 다녔다. 양복일도 꼼꼼하고 야무지게 해서 손님이 많았다.

봄부터 가을까지는 농사일로 바쁘고 농사일이 끝나면 양복점 일로 바빴다. 나도 농사일도 양복일도 열심히 도왔다.

남편은 촌사람이라 땅 욕심이 많았다. 돈이 모이면 계속 논을 샀다. 사는 건 좋아했지만 반대로 파는 건 싫어서 절대로 안 팔았다. 논 2만 6천 평을 지으려면 매일 매일 일꾼 아저씨를 수십 명씩 불러야 했다. 나도 날이면 날마다 밥이며 참이며 열심히 해 댔다.

그런데 남편은 그 많은 논을 당신 명의로만 등기를 했다. 갑자기 억울한 생각이 들어 남편한테 나도 당신만큼 일했으니 재산의 반은 내 거라고 했다. 남편이 웃더니, 농사일은 내가 같이 도왔지만 양복 일은 자기가 기술자이니 자기가 한 거라고 했다. 나는 양복일도 공장 직원들 밥도 해주고 빨래도 해주고 밤에 참도 다 해주었다, 그러니 양복 일도 같이 한 거라고 말했다.

나중에 남편은 당신 재산이 다 내 재산이라고 말해주었다.

그래도 나는 내 명의로 무어라도 가져보고 싶었다. 남편은 다음에 논을 사서는 내 앞으로 명의를 해왔다. 농협 통장도 하나 만들어 주었다. 진짜 내 논 같았다.

나는 평생 동안 남편하고 같이 돈을 벌어서 이 재산을 일으켰다. 남편도 그렇다고 인정했다. 그래도 밖에서 돈을 한 번 벌어보고 싶었는데 그것이 아쉽다.

지금 여든 일곱이나 먹은 할머니가? 정말 우스운 생각이다. 내가 봐도 좀 그렇다.

점심 먹고 남편이 장항에 있는 세무서로 세금신고를 하러 간다며
같이 가자고 한다.

비도 오고 해서 택시를 타고 가자고 했더니 버스로 간다고 한다.

남들 보기에 좋아 보이지 않을 것 같아서 나는 버스 타고는 안
가겠다고 했다.

남편은 그런 나를 두고 혼자 가서 신고를 하고 와서는 화를 냈다.

몸이 많이 아픈 것도 아닌데 택시 안 탄다고 안 가는 것은 참으
로 건방지다며 야단이 났다.

.

.

.

서로의 생각 차이이다.

나는 남들이 우리를 두고 이러쿵저러쿵 말하는 것을 싫어하는 성
격이고, 남편은 남이 뭐라고 하든 내 실속만 있으면 된다고 하는
주장이다.

.

.

.

남편 말이 맞는 말이다. 내가 잘못이다.

설 대목이 가까워지기에 미리 조기를 조금 사서 말렸다.

남편은 워낙 꼼꼼한 성품이어서 너무 많이 사면 싫어한다.

나는 줘야 할 사람은 꼭 주어야만 성이 차기 때문에 가끔은 서로

짜증을 낸다.

그렇다고 혼자만 먹는 것은 우습다.

내 것이 쓰다고 안 주면 남의 단 것 못 얻어먹는다.

언제나 주일날이면 큰아들 소식이 궁금하다. 교회 갔다가 궁금해

서 소식이 기다려진다. 내가 교회 때문에 어머니께 불효를 했으니

벌을 받아 마땅하지.

고마운 할아버지

사람이 세상에 와서 90을 문전에 놓고 보니 궂은일, 슬픈 일, 억울하고 분한 일 등등 많은 걸 본다. 어떤 때는 나도 못 믿고 남들도 안 믿는 일도 있었다.

나는 가난한 부모님을 만나 남보다 일찍 결혼해서 더 힘들었다. 게다가 남편의 호적이 늦는 바람에 결혼을 하고 나서 군대에 들어가서 더 힘들게 살았다. 스물여섯에 세 자매의 엄마가 되었을 때의 일이다.

어느 날 십 리 길인 서천 장에 가야할 일이 생겨 두 아이는 집에서 놀게 하고 젖먹이 아이를 업고 장에 가서 일을 보았다. 집에 돌아오는데 아침에 올 때는 잘 건널 수 있었던 냇물이 어데서 생긴 물인지 알 수 없는 물로 냇물이 넘쳐흘러 건널 수 없게 되었다. 해는 기울어가고 다른 길로 가려면 삼십 리 길을 걸어가야 하는데 집에 두고 온 아이들이 얼마나 기다릴까 생각하니 걱정이 이만저만 아니었다.

어쩌나 어쩌나 하며 애를 태우고 서 있는데 갑자기 강태공 할아버지가 나타나셨다. 그 할아버지께서 물어왔다.

"건너갈 거유?"

"네, 저기가 우리 집인데 아까는 물이 없었는데 어데서 온 물인지…."

그렇게 걱정스런 표정을 하며 대답을 했더니 배에 타라고 하시면서 배가 작으니 조심해서 오르라고 하신다. 감사하고 고마운 마음에 고개를 숙여 인사를 하며 배에 탔다. 할아버지는 건너편에 대 주시고는 "잘 가라"는 말씀까지 해주셨다.

하도 고마워서 "고마워유, 고마워유"를 여러 번 하고서는 강둑에 올라서서 다시 인사를 드리려고 강 쪽으로 고개를 돌려 보니 배도 할아버지도 보이질 않았다.

이상한 생각이 들었으나 집에 있는 아이들이 걱정이 되어 빨리빨리 집으로 갔다. 아이들은 잘 놀고 있었다.

이웃에 사는 아주머니께서 어데로 해서 왔냐고 물으시기에 내를 건너왔다고 했더니 거기에 물이 많이 불었을 텐데 어떻게 건넜느냐고 물으셨다. 돛단배 탄 할아버지가 건너게 해주셨다고 했더니 무슨 배냐고 다시 물으셨다. 내가 다시 설명을 해주었더니 아주머니는 당치 않다고 하셨다.

"거기에 무슨 배가 있나, 거기는 비가 오면 도깨비가 많이 나오는데 너를 보고 불쌍해서 건너게 해주고 간 건가보다. 내가 여기서 60년을 살았어도 그 둑에서 배를 본 사람은 한 사람도 없었다"고 말씀하신다.

그 소문이 온 마을에 퍼져 동네 어르신들이 또 물어보시고 신기하게 여기셨다.

"아이들 데리고 사는 네 모습이 가엾고 네 심성이 착해서 용왕님이 너를 건너게 해주셨구나" 하고들 말씀하셨다.

그 후로도 몇 년을 그 둑을 건너다녔다. 비가 많이 와서 물이 불어도 그 배나 할아버지는 본 적이 없었다.

정말로 도깨비가 나를 불쌍히 여겨서 건너게 해준 것인가?

지금도 그 길 옆으로 지나게 되면 유심히 보게 된다.

누가 건너게 해 주었든 감사하다.

나는 운이 좋은 사람이다

나는 3급 장애인이다. 오른쪽 눈이 안 보이고 양쪽 귀가 거의 안 들린다. 젊은 시절에 중이염을 오래 앓았는데 그때는 병원이 없어서 치료를 못 했다. 나중에 병원에 가보니 고막이 다 없어졌다고 한다. 양쪽 귀에 보청기를 하고도 잘 못 듣는다.

가끔씩 귀에 진물이 나서 병원에 가면 이런 귀로 듣고 사는 것이 천만다행이라고 하신다. 나는 잘 듣지 못하니까 어디를 가든지 제일 앞자리에 앉는다. 학교에서도 제일 앞자리에 앉아서 선생님 입을 잘 쳐다보며 알아들으려고 애쓴다. 사람들과 이야기할 때도 입을 열심히 보는데 다 알아듣는 것은 아니다. 그럴 땐 내가 바보가 된 기분이 든다. 그러면 얼른 마음을 바꾸어 먹는다. 나보다 더한 장애인도 많다. 나 할 일 다 할 수 있고 애들하고 전화도 할 수 있으니 이만 하면 괜찮다.

눈도 오른쪽이 안 보인 지는 20년이 넘었다. 처음에 오른쪽 눈이 안 보이게 되었을 때 병원에서 조심하라고 했다. 한쪽 눈이 안 보이면 또 한쪽도 마저 못 볼 수 있다고 했다. 그래서 늘 마음속으로 눈 때문에 걱정이 된다. 지금까지는 혼자 돌아다닐 수도 있고 일도 다하고 공부도 잘했다. 정말 다행이다. 내가 책 읽기를 좋아해서 책을 열심히 읽는다. 눈이 걱정이 되어 안과에 가서 선생님한테 물어본다. 책을 많이 읽어도 괜찮으냐고 하면 더 많이 읽어도 괜찮다고 하신다. 그래도 텔레비전은 시간도 없고 눈에도 안 좋다고 해서 별로 안 본다. 세상 돌아가는 것 알아보려고 아홉시 뉴스만 본다.

나는 정말 운이 좋은 사람이다. 다른 사람들도 남모르게 아픈 데가 있을 거다. 이만큼 살 수 있으니 감사하다.

3월 29일

핸드폰 가게 보증금을 내어주려고 통장에서 돈을 이백오십만 원을 찾았다.

3월 30일

수도 요금 내느라 오늘도 십일만 원을 찾았다.

3월 31일

여자가 혼자 살기는 힘들다. 부동산에서 집을 보러 왔는데, 나이가 많은데도 공연히 겁이 나고 걱정이 된다.

4월 1일

수원에서 딸들하고 점심을 먹었다.

4월 2일

장항집이 이사를 간다고 해서 갔더니 돈도 주지 않고 큰소리만
치고 갔다.

5월 16일

가스, 아들 전화, 서울로 소풍
딸들이 와서 다 같이 아이스크림 사먹으라고 돈을 학장에게 주고
간다. 너무 좋았다.

5월 17일

막내딸이 큰돈이 생겼다며 천만 원을 내 통장에 넣었다. 나도 돈
은 있지만 주면 기분이 좋은 걸 보니, 누구나 사람은 돈을 좋아
하는가보다.

5월 19일

작은딸이 10만 원을 주었다.

5월 20일

진 서방이 백만 원을 주었다. 생각지도 않았는데 주어서 더 고마
웠다.

7월 18일

마당 문제로 군수를 만나러 갔는데 못 만나고 과장만 만나고
왔다.

7월 19일

귀가 잘 안 들려서 속도 상하고 답답하다.

7월 21일

막내딸이 자기 생일이라고 통장에 백만 원을 넣어주었다.

복 받는 누룽지

　나는 옛날 사람이라 삼시 세 때 꼭꼭 챙겨먹는다. 요즘 사람들은 아침에 빵을 많이 먹는다고 한다. 우리 아이들도 주로 빵을 먹는 것 같다. 남편은 그걸 싫어해서 나한테 잔소리를 많이 했다. 며느리한테 귀찮아도 아침에 밥을 해주라고 말하라고 했다. 남편은 다른 걸 다 잘해도 밥을 잘 안 해주면 여자의 책임을 다 못 한 거라고 생각하는 사람이었다. 그런 소리를 며느리한테 할 수는 없었다. 나 혼자 여러 모로 생각한 끝에 누룽지를 만들어 보내기로 마음먹었다.

　좋은 쌀로 밥을 해서 누룽지를 잘 만들면 맛도 좋고 끓여먹기도 편하다. 누룽지를 받고 딸들도 며느리들도 맛있다고 좋아했다. 사서 먹는 누룽지보다 훨씬 구수하고 맛있다고 했다. 막내딸은 나 듣기 좋으라고 '세상에서 제일 맛있는 누룽지'라고 칭찬해주었다.

　"이영복 할머니가 만든 복 받는 누룽지라고 해서 시장에 내다 팔면 부자가 될 거"라고 말해서 식구들이 다 같이 웃었다. 지금 이 나이에 내가 무슨 돈을 벌겠는가. 자식들이 맛있다고 하니 부자 된 것보다 더 좋다.

3장
단풍은 시나브로 물든다

- 햇볕에 여문 한나절, 예쁜 색이 곱기도 아깝기도…

가을

소리도 없이 성큼 다가온 가을

얼마나 기다리던 가을이던가

모두들 반겨주겠지

그 반가움도 잠시 잠깐

눈 한 번 깜빡한 사이

말없이 가버렸네

제대로 손도 한 번

잡아보지 못한 채

헤어지다니

아쉬운 가을

7월 23일

아침에 큰딸하고 통화하다가 우리 휘린이 똑똑하다고 칭찬하다가
깜짝 놀랐다.

큰딸도 휘린이만큼 가르쳤으면 더 똑똑할 수도 있었는데, 늘 미안
해서 조심하는데, 무심코 입에서 튀어나왔다.

서운했을 텐데 그런 내색을 안 하는 큰딸, 언제나 고마운 큰딸!

해가 좋으면 생선을 말리고 싶다

해가 좋으면 생선을 말리고 싶다. 다 말린 생선을 사다 먹어도 되지만 나는 내가 사다 말리는 게 더 좋다. 조기랑 박대랑 사다가 가위로 지느러미들을 다 자르고 손질해서 먹기 좋게 만들어 잘 말린다. 잘 마른 생선들을 열 마리, 스무 마리씩 묶고 포장해서 서울 아이들에게도 보내고 가까운 사람들에게도 한 덩이씩 주면 참 좋아한다. 돈으로 따지면 별것 아니지만 내 정성을 생각해주는지 모두들 좋아하는 것 같다.

나도 신이 나서 아주 더운 여름과 아주 추운 겨울 빼고는 늘 마당에 생선을 말렸다. 남편은 널어놓은 생선을 보고 "이 많은 걸 누가 다 먹느냐"고 말했었다.

줄 사람이 많다고 하면 어떤 때는 그냥 넘어가고 어떤 때는 "같이 살림 못 할 사람"이라고 혀를 차며 걱정했다.

그런데 남편이 세상을 떠나고는 그런 걸 할 마음이 안 생겼다. 옆집 아줌마가 왜 생선을 안 말리느냐고 물어봐도 "나도 모르겠다"고 대답했다. 남편 시중 안 드니까 시간도 더 많고 뭐라고 잔소리 할 사람도 없는데 하고 싶지가 않았다.

올해부터 다시 마음을 잡고 해볼까?

내 마음이라도 잘 모르겠다.

우리나라에서 제일 좋은 쌀

농사짓는 건 참 힘들다. 봄부터 시작해서 가을 추수 때까지 잠시도 쉴 사이가 없다. 몸도 힘들고 걱정도 떠날 새가 없다. 때 맞춰 해도 떠야 하고 비도 와야 해서 늘 마음을 졸이게 된다. 그래도 남편과 나는 농사짓는 게 좋았다. 얼마나 갖고 싶었던 논인데 일 고생은 행복한 고생이라고 생각했다.

남편은 무슨 일이든 남보다 최고로 잘해야 직성이 풀리는 사람이었다. 겨울에도 쉬지 않고 퇴비를 준비해서 봄이면 남보다 일찍 농사일을 시작했다. 여름에 비가 안 오면 양수기로 밤낮없이 물을 대었고, 비가 많이 오면 논둑이 무너질까봐 밤에도 자주 나가봤다. 그렇게 힘이 들어도 가을에 잘 익은 벼이삭을 보면 고생한 게 다 없어졌다.

남편은 농사 욕심이 워낙 많아서 나이가 들어서도 우리 먹을 농사는 자기가 지었다. 가을에 추수한 벼를 남들처럼 건조기에 말리지 않고 햇볕에 말리느라 또 고생을 했다. 그렇게 햅쌀을 만

들어서 형제들 자식들 친척들한테 보내면 다들 좋아하며 전화가
온다. 우리나라에서 제일 좋은 쌀이라고 아이들이 말하면 남편도
아주 흐뭇해했다.

우리 쌀이 밥맛이 좋아서 옛날에 좋은 쌀이 귀할 때는 정말 귀
한 선물이었다. 논을 살 때도 기뻤지만 농사 지은 쌀을 나누어 줄
때는 정말로 부자가 된 것 같았다.

지금은 남편이 없어서 농사를 못 짓는다. 그래도 가을에 우리
논에서 나온 쌀을 사람들한테 보내준다. 앞으로 몇 번이나 더 할
수 있을지. 끝까지 할 수 있으면 좋겠다.

밥 짓기

우리네 여자들은 이 세상에 올 때 밥을 하기 위해 왔나보다. 그래서 나는 밥 하는 게 참 즐겁고 행복하다고 생각하며 살아왔다. 그래서인지 나는 밥 먹는 것도 좋아한다.

남들은 나이가 먹으니 밥 하기 싫어서 죽겠다고 한다. 그럴 때마다 조금 이상한 생각이 든다. 나는 지금도 밥 하기 싫다는 생각은 없다.

서울에서 아이들이 온다고 하면 내손으로 밥을 해주고 싶다. 그래도 아이들이 불편할까봐 나가서 먹는다. 남들은 왜 밥을 하기 싫어할까?

나는 어린 나이에 가난한 집으로 시집가서 밥 할 때가 되어도 쌀이 없어서 밥을 못 할 때가 많았다. 부엌에서 손만 비비고 서서 어떻게 하나 한숨 쉬며 밥 할 쌀만 있다면 아무 걱정 없겠다고 생각했다.

그때를 생각하면 밥 때가 되어 쌀독에서 쌀을 퍼서 밥 하는 기쁨이 얼마나 좋은가. 김이 무럭무럭 나는 따뜻한 밥을 후후 불면서 밥숟가락에 김치를 척척 걸쳐 먹으면 얼마나 좋은가.

참으로 감사하고 행복한 시간이다.

그래서 나는 밥 하기 싫다는 생각은 들지 않는다.

예전 농사를 많이 지을 때는 하루에 70명 일꾼 아저씨들 밥을 아침점심저녁으로 내었고 새참을 두 번 지어냈다. 새벽 다섯 시에 아저씨들이 밥을 먹으러 오기에 세 시에 일어나서 밥을 지었다. 힘은 들었지만 싫지는 않았다.

밥 하는 것이 내 일이고 내 팔자라 생각했다.

요즘엔 아이들이 도우미 아줌마를 부르라고 한다. 밥도 시키고 서로 이야기도 나누면 좋지 않겠냐고 하는데 나는 별로이다. 내가 먹고 싶을 때 내 입맛대로 해서 먹고 싶다. 내 밥을 내가 끓여 먹을 수 있어서 참 좋다. 나는 아직도 내손으로 밥 하는 게 행복하다.

그분의 깊은 속은 알 수가 없어

막내딸은 어려서 몸이 무척 약했다. 그 위로 딸을 계속 낳아서 임신했을 때 영양이 부족했는지 아니면 또 딸을 낳는 바람에 내가 너무 슬퍼해서 그런 건지 모르겠다. 그래도 잘 커서 유학도 갔다 오고 저 할 일 잘하며 살고 있다. 남편이 아플 때도 혼자 사는 막내딸 집에 많이 가 있었고, 남편 세상 떠난 후로는 집안일을 거의 맡아서 해주고 있다.

촌살림이라 자질구레한 일이 많아서 매주 서천에 와서 일을 보고 갔다. 처음에는 동네 사람들이 아들도 있는데 왜 딸이 나서서 하나 하고 이상하게 생각하는 것 같기도 했다. 다른 아이들은 직장에 매여서 그렇게 시간을 낼 수가 없었다.

막내딸이 일처리도 야무지게 잘하고 하니까 지금은 다들 그러려니 하고 무슨 일이 생기면 막내딸한테 연락을 한다. 나도 가끔 막내딸이 없었으면 어떻게 했을까 하는 생각도 해본다. 나한테 꼭 필요해서 보내주셨는데 그때는 그걸 몰라서 섭섭하다고 많이 울었다.

하나님은 하늘에서 내려다보시니 내 사정을 다 아시고, 나는 내 키만큼 내려다보니 그분의 깊은 속을 알 수가 없다.

보건소 백세아카데미가 오늘로 끝이라고 해서 어제 서울에서 내
려왔다.

사람이 참 많았는데 개근한 사람은 나 혼자였다.

군수상을 타니 기분이 참으로 좋았다.

오늘이 주일인데 장항에 갈 일이 있어서 아침 일찍 다녀온 뒤에
교회엘 갔다.

예배드리고 점심 먹고 집에 와서 생각하니 큰아들 소식이 궁금해
졌다.

막내딸한테 전화를 해보니 직장에서 밀려난 것 같다고 한다. 언제
나 걱정했지만 막상 들으니 어쩌나 싶다. 말로는 할 수 없는 걱정
이 또 생겼다.

오늘은 메주를 끓였다.

전에는 메주 끓이는 일이 별것 아니라고 생각했는데 올해는 메주 끓이는 일이 많이 걱정된다.

나이가 먹으니 조그마한 일에도 겁이 난다. 나이 먹고는 해볼 만한 일은 아무것도 없다.

생각해보면 내가 언제 이렇게 늙었나. 한심한 건지, 당연한 건지 나도 모르겠다.

하나님 아버지시여, 새해가 밝았습니다.

올해는 우리 가족 모두에게 몸과 마음이 건강하여, 아버지께 무한 감사하며, 각자에게 주어진 일 잘하여, 빛과 소금이 되게 하여 주소서.

제 부족한 기도를 잘 이루어 주실 걸 꼭 믿습니다.

아멘, 아멘, 아멘

학교에 갔더니 새해라고 모두들 밝은 얼굴로 만나니 참 좋다. 친구가 떡과 과일을 싸와서 잘 먹고 새해 덕담을 하라고 선생님께서 말씀을 하신다.

모두들 말은 못 하고 웃기만 했다.

우리는 어릴 때부터 그런 걸 안 하고 자라서 그런 용기가 없다. 그런데 몇 년 전에 한글을 배우러 올 때는 어떻게 그런 용기를 내었는지…, 지금 생각하면 참 잘했다고 내가 나를 칭찬하게 된다. 올해는 내가 나를 칭찬할 일을 더 많이 찾아서 해보아야겠다.

시장에 갔다가 민주 엄마를 만났다. 서로 반가웠다.

내가 귤을 좀 사려고 하니 그 애가 값을 치렀다. 고마웠다.

그리고 또 김치를 보내주겠다고 한다.

모두들한테 고마울 따름이다. 나이 먹었다고 모두들 아껴주고 존

경해주니 정말 고마울 따름이다.

오늘 머릿재 논을 팔았다.

팔고 싶어 팔았는데 막상 팔고 보니 너무 서운하다.

살 때보다 파는 것이 더 힘들다. 살 때는 돈 만드느라 정신이 없어서 아무 생각도 나지 않더니 팔아보니 살 때 힘들었던 생각이 나 힘들게 한다.

그래서 아들이 밉다. 야속한 놈.

구정!

참 좋은 명절이다.

대가족이 살 때는 흰떡도 많이 하고 찰시루떡도 많이 했는데, 지금은 조금 사면서도 잘 안 먹는다. 편하지만 아쉽기도 하다.

구정이 올 때면 식구들 한복 동정을 갈아서 다려 놓는 것이 큰일이었다. 남편과 세 아들들 며느리 것까지 다 손질해서 걸어놓고 쳐다보면 기분이 상쾌해졌다.

설날 아침에는 아들들이 옷고름을 짬매 달라고 나만 불러댔다. 며느리들이 있는데도 나를 부른다. 그래서 옷고름 매 주랴, 차례 상 차리랴, 참 바빴다.

차례 모시고, 아침밥 먹고, 세배 받고, 성묘를 떠나면 우리 여자들은 잠시 쉬는 시간이다.

그렇게 바쁘고 정신없었어도 지금 생각하면 그때가 좋았다. 정말 좋았다.

이제는 모두 꿈이여.

아침 먹고 장항집이 이사한다고 해서 갔다.

날씨가 약간 춥다. 우리는 조금만 추워도 참지 못한다. 조금 손볼 것도 있었는데 너무 추워서 그냥 왔다. 내일 또 가야 하는데 그냥 오고난 후 생각하니 기가 막힌다. 그깟 추위를 견디지 못하고 내일 간다고 생각하니 늙으면 살 수가 없다는 생각이 든다.

아침에 딸이 병원에 데려다 주고 손녀 수영이가 보호자로 남았다.

검사하는 동안 너무 불안했다. 무슨 대답이 나올까 걱정이 된다. 다행히 크게 나쁘지는 않다는 대답을 듣고는 속으로 웃음이 났다.

가는 줄 모르게 간 세월, 올 한 해도 반 세월이 간다.

손주들 잘 크는 걸 보면 좋은데 딸들이나 아들들을 보면 '언제 저렇게 늙었나' 하는 생각에 걱정이 된다.

모두들 오래 살라고 하지만 나이가 먹을수록 걱정이 더 많아진다. 안 해도 되는 걱정한다고 생각도 해보지만 어쩔 수 없다.

걱정한다고 뜻대로 되는 일도 없고 오는 대로 가는 대로 살아가보자. 그게 제일 좋은 생각이다.

성태 보아라

성태야 서울에서 공부하기도 힘이 드는데 남의 나라 미국에서 공부하는 우리 성태가 너무 대견하고 자랑스럽다.

성태야, 세상에는 공짜도 없고 거저도 없다. 자기가 노력한 만큼 소득이 온다. 남보다 한 시간 일찍 일어나고 한 시간 늦게 자는 것이 앞서가는 길이다.

성태야, 사람에게는 그때그때 주어지는 시간이 있다. 그 시간을 어떻게 쓰느냐에 따라 일생이 행복할 수도 불행할 수도 있다. 우리 성태는 지금 주어진 시간을 잘 써서 앞으로 훌륭한 사람이 되어 행복한 삶을 살기를 바란다. 할머니는 집이 가난하여 그때 주어진 시간을 잘 쓸 수 없었단다. 그래서 지금 힘들게 공부를 한단다.

성태는 집이 가난해서 공부를 못 한다는 말을 잘 이해하지 못할 거야. 다음에 할머니가 이야기해 주마.

공부는 어릴 때 하는 거란다. 나이가 먹으면 배우며 잃어버려서 너무 힘이 든단다. 할머니 하는 말, 잘 생각해서 열심히 공부하기 바란다.

2007년 10월 20일

수영에게

수영아 요즘도 잘 지내고 있지?

할머니도 잘 살고 있다. 처음 할머니가 공부 시작했을 때 너무 몰라서 우리 영이가 신경 많이 써 주었지. 그 덕분에 합격이라는 커다란 영광도 안아보았지. 그토록 고마운 사람에게 말 한마디 없이 있었구나. 하지만 우리 수영이의 공을 한 번도 잊어본 적은 없다.

할머니가 조금만 더 젊었다면 수영이랑 둘이서 근사한 식당에 가서 밥도 먹고 극장에 가서 영화도 보고 멋있는 하루를 보내고 싶었다. 그 생각을 마음에 담고 벼르다보니 아무것도 하지 못하고 이 해도 그냥 보낼 것 같아서 편지라도 써야겠다고 마음먹었다.

사람은 나이가 먹으면 아무 일도 할 수가 없는가 하는 생각이 든다. 욕심대로 할 수만 있다면 남은 시간 그대로 보내지 말고 무언가를 또 해서 진짜 멋있는 할머니가 되고 싶지만 이제는 내 나이를 생각해보고 욕심은 접어야 한다고 생각을 해본다. 앞으로 건강이나 잘 지키어 너희들 모두에게 걱정 안 끼치는 할머니가 되려고 노력해본다.

영이야 돈은 작지만 잘 써주길 바란다.

언젠가 밥 먹고 영화 보는 날도 올 수 있도록 노력해볼게. 기다
려라.

2009년 10월 24일

외할머니 씀

영이야 진짜 고마운 것 또 하나
이모 생일 기억해주어서 고맙고 또 고맙다.

할머니가 사랑하는 선우에게

선우야 봄인가 하면 눈이 오기도 하고 꽃이 피어서 구경을 갈까 하면 다시 추워지곤 한다. 우리 선우는 지금 그런 생각할 여유가 없을 거야. 앞으로 5~6개월만 고생하면 멋진 여대생이 될 거니까 힘들어도 꾹 참고 열심히 하거라.

큰일 할 사람은 남보다 한 시간 일찍 일어나고 한 시간 늦게 자는 것이 앞서가는 길이다. 그렇다고 잘 안 먹어서 건강 해치면 안 된다. 제때 밥 잘 먹고 최선을 다하면 좋은 결과 온다고 생각하고 잘해라.

할머니가 이런 편지 보낸다고 너무 부담 느끼지 말고 그간 하던 대로 꾸준히 하면 된다. 선우야 이것만은 꼭 간직해라.

공부는 어릴 때 하는 거라고. 나는 어릴 때 집이 가난해서 공부를 못 했어. 지금 해보는데 할 수가 없다. 우리 선우가 생각하면 집이 가난해서 공부를 못 한다는 것이 무엇인지 이해하기 어려울 거야. 다음에 선우가 크면 할머니가 가르쳐 줄게. 그것도 공부니까.

지금은 시간이 부족하니 지금 하는 공부만 열심히 해라. 내년

이맘때는 선우 손잡고 꽃구경도 가고 할머니 과거사도 이야기 해 보자.

할머니가 선우를 도와줄 것은, 부족하지만 기도뿐이다. 우리 공부하는 센터에서 편지 쓰는 공부를 하는데 우리 선우가 생각이 나서 써본다.

힘들고 어려워도 꾹 참고 잘 해서 합격의 영광을 얻길 빈다.

건강 조심하고 2013년 4월 15일 할머니 씀

우리 선우 파이팅!
지금은 시간이 없을 테니 답장은 나중에 써라.

인기 좋은 우리 마당

남편이 살아계실 때는 동네 부인들과 많이 어울리지 못했다. 지금 생각해보면 남편이 못 하게 한 건 아니다. 그런데 남편이 워낙 꼼꼼하고 완고해서 그냥 그렇게 된 것 같다. 그런데 지금은 우리 집 마당을 이웃 사람들이 편하게 쓰고 산다. 마당이 넓고 햇볕이 잘 들어서 이불 빨래 같은 것을 자주 널어놓는다.

젊으신 분들이 바빠서 저녁때가 되어도 잘 안 걷어 간다. 그러면 내가 걷어서 갖다 주기도 하고 잘 접어서 놓아두면 알아서 가져 가기도 한다.

김장철에도 우리 마당은 인기가 좋다. 넓어서 일하기도 편하고 수도가 있어서 배추를 씻는 데 아주 좋다. 그래서 우리 마당도 바쁘고 나도 바쁘다.

앞집 뒷집 차례로 우리 마당에서 김장을 한다. 젊으신 분들이 시원시원 일을 하면 나는 옆에서 구경도 하고 잔일도 챙긴다.

김장 하는 날은 푸짐하고 잔칫날 같다. 웃고 떠들다 보면 옛날 생각도 난다.

우리도 예전에는 대가족이 살아서 김장할 때는 배추를 300포기씩 담았다. 그런데 지금은 내가 김장할 필요가 없다. 우리 집에서 김장하는 사람들이 한 통씩 주고 가서 나 혼자 다 못 먹고 다른 사람 주기도 한다.

세상은 같이 살아야 더 재미가 있는 것 같다. 그리고 내 쓴 나물을 주어야 남의 단 나물을 얻어먹는다.

4장
봄이 오려고 겨울이 춥구나

- 서운한 듯하게, 그렇지만 때에도 맞게, 그렇게…

공부한다고 추위가, 외로움이 사라지진 않습니다.

오히려 더 춥고, 더 외롭고, 더 떨립니다.

그런데 왜 하냐구요?

모르겠어요. 그냥 하는 거예요.

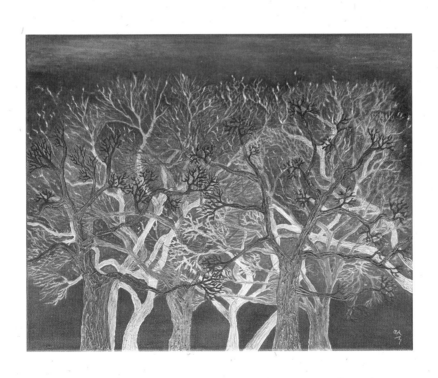

겨울

내가 싫어하는 겨울

오라 한 적도 없는데

불쑥 밀고 들어온 얄미운 겨울

반가움보다 두려운 겨울

이왕에 만났으니 어쩌겠는가

이렇게 만난 것도 인연이거늘

너무 오래 머물지 말고

서운한 듯하게 때 찾아서

잘 가거라

이영복 삼행시

복 많은 사람

나는 참 행복한 사람이다.

어릴 적에 가난해서 학교는 못 갔어도 그때는 다들 그렇게 살았다.

아버지는 엄격한 분이어서 어머니와 우리가 무섭게 느꼈다. 그래도 어머니 생신이면 당신이 시장에 가셔서 이런 저런 것들을 사오시어 언니한테 주고 어머니한테 물어서 잘 만들어 드리라고 하시던 모습이 지금도 눈에 선하다. 그렇게 다정한 아버지가 나는 속으로 좋았다.

어머니는 착하고 순한 분이셨다. 남들한테 싫은 소리 같은 건 못 하는 분이셨다.

남편은 자기 할 일을 반듯하게 하는 사람이었다. 자기 마음에 안 들면 그냥 못 넘어가서 주위 사람들이 힘들어 했다. 그 완고한 성격 때문에 일을 잘해서 돈을 많이 모았다.

지금 이렇게 밥걱정 안 하고 사는 건 다 남편 덕이다. 나중에 논도 많이 사고 양복점도 크게 해서 사람을 많이 썼다. 들일하는 아저씨들도 많았고, 양복일하는 젊은이들도 많았다.

우리는 인복이 있었는지 사람들이 다 좋았다. 지금도 옛날에 우리 일을 했던 사람들이 가끔 찾아온다. 그러면 식구처럼 반갑다.

남편 세상 떠나고 새사람들을 많이 만났다. 나는 정말 사람 복이 많은지 만나는 사람들이 다 좋아해준다. 학교선생님들은 늙고 말도 잘 못 알아듣는 내게 잘한다고 칭찬해주신다. 이웃사람들도 늙은이라고 귀찮다고 않고 늘 챙겨주고 어디든지 데리고 다닌다.

우리 아이들도 남편 있을 때보다 더 잘한다. 남편이 유서에도 무슨 일이든지 어머니 의견을 존중하라고 써 놓았다.

그러지 않아도 잘 할 건데 남편이 그렇게 써 놓아서 아이들이 더 신경을 쓰는 것 같다. 남편도 고맙고 아이들도 고맙다. 나는 여러 가지로 복이 많은 사람이다.

나도 혼자서 살아보고 싶었다

내가 초등학교 검정고시에 붙었을 때, 기자가 와서 앞으로 하고 싶은 것이 무엇이냐고 물었다. 난 남자 없는 세상을 일 년만 살아보고 싶다고 했다. 열일곱에 시집 와서 66년을 남편과 함께 살아서 혼자서 사는 남들이 어떻게 사나 궁금했다.

그런데 3년도 더 살았다. 나는 내가 기자한테 말한 대로 일 년만 살 줄 알았다. 그래서 지저분한 살림도 정리하고 몇 개 안 되는 패물도 정리하고 준비했는데 일 년이 그대로 넘어가고 벌써 삼 년도 더 지났다. 남편이 없어서 시중들고 눈치 볼 일은 없다. 그런데 남편이 없어서 아쉬움도 많다.

남자하고 사는 세상도 살아봤고 남자 없는 세상도 살아봤다. 나는 둘이 사는 게 더 좋은 것 같다.

오늘이 무슨 날이기에 내 마음이 이렇게 추운가.

불도 많이 때보고 옷도 입어 보았지만 춥다.

너무 추워서 견딜 수가 없다. 아무데나 마구 돌아다니고 싶다.

눈이 와서 길이 미끄러워 나갈 수도 없다.

어떻게 하나.

교회에 가서 예배를 드리는데 목사님 얼굴도 보이지 않는다.

몸과 마음이 추워서 견딜 수가 없다.

어쩌다 내가 이렇게 되었나.

남들 볼까봐 눈물을 감추고 앉아 있다가 집에 와서 소리 죽여 울

어 봐도 아무 소용이 없다.

55년 전 나는, 세상에 태어나 가장 행복한 날*이었는데 오늘은 왜 이렇게 비참해졌나.

그 애가 너무 보고 싶다.

아무리 불러도 대답 없는 그 애, 어디 가면 볼 수 있을까.

생각하면 할수록 보고 싶은 그 애.

어떻게 해야 좋을지….

추석에 산에 갈 때 같이 안 간 것이 내 마음을 견딜 수 없이 아프게 한다.

저 세상에 가서 만난다면 하고 싶은 말이 너무 많다.

내 살 날이 얼마나 남았나,

말 못 할 사연 속에 너무 힘들어 죽고 싶기도 하다.

*크리스마스, 예수 탄생일이자 큰아들이 태어난 날

내 마음의 상처

비워야 할 것 비우지 못하고
버려야 할 것 버리지 못하는
내 마음의 구정물통
누구를 기다리는지 문 밖을
쳐다보는 나
속절없는 생각 버리지 못해
아무리 흘리고 쏟아도
어쩔 수가 없다
끈끈한 정 왜 버리지 못해
아무리 매달려도 소용없는 너
잊어야지 잊어야지 마음으로 잊어버리자.
부질없이 간직하지 말고
냉정하게 잊어버리자.

영복이에게

영복이 에게

그토록 아름답고 예뻤던 가을 단풍은 어데로 가고 내손목
의 심줄 같은 앙상한 마른 가지로 변한 겨울이 왔다.
겨울이 가면 봄이 오고 봄이 가면 여름이 오고 여름이 가면
또 가을이 오는 세월을 86번이나 변함 없이 잘 지내준 모든
몸 에게 참으로 고맙게 생각한다. 앞으로 몇 년을 더살
지는 몰라도 잘 부탁한다. 젊을때는 어디가 좀
고장이나도 큰 두렵지 않아서 조심을 안아는데
잘 나아 주어 고맙다. 지금은 어디가 조금 아파도
겁이 난다. 앞으로 몇 년을 더살지 몰나도 잘
부탁한다.   이 영복이가   영복이에게

아침에 조카들 하고 논산 병원에 계신 언니를 보러 갔다.

사람은 살기만 힘이 드는 줄 알았더니 죽기도 힘이 드나보다.

전번보다 조금 생기는 도는 것 같기도 했지만 너무 말라서 안쓰럽고 불쌍하다.

안 보면 보고 싶은데 보면 마음이 너무 아프다.

막내딸이 온다기에 터미널에 마중을 갔다가 서로 길이 어긋나서 딸만 고생시켰다. 다른 집 딸들 같으면 야단을 쳤으련만 아무 말도 안 한다.

아침에 작은딸 제희가 오는 길에 또 잘못해 제희를 애타게 했다. 생각하니 내가 왜 이런가 걱정이 되기도 한다.

11월 9일

복덕방 사람들이 자기 나름대로 나를 속여 보려고 했다. 화가 났지만 아무 말 안 하고 넘기자니 기가 막힌다.

11월 12일

남편이 몸이 안 좋아서 시장에 가서 닭과 약초를 샀다.

삶아서 먹으면 좋을 것 같아서 사 가지고 와서 달였다. 몸이 너무 약해서인지 자주 아프다고 한다.

지금 죽으면 팔자는 좋겠지만 자기도 좀 더 살고 싶다고 하고 내 생각에도 조금 더 살아도 좋을 것 같다. 한 번 가면 오지 못하니까 말이다.

아침 먹고 나니 둔덕리에 사는 언니가 배추 몇 포기를 가지고 오셨다.

가끔 오시지만 오늘은 더 반갑다. 이제 모두 나이가 너무 많아서 언제 헤어질지 기약이 없다.

서울 친정에 가면 우리 4형제와 올케까지 하면 부엌이 가득 찼는데 한 분은 아주 가시고, 한 분은 병원에 계시고, 동생은 집에서 아파 있고, 올케도 건강이 너무 좋지 않아서 마음이 아프다.

둔덕리 언니도 언제 못 오실지 모른다.

사람은 누구나 한 번은 꼭 가야 하는데….

1월 3일

아침 먹고 교회 가서 예배드리고, 점심 먹고 집에 와서 남편 밥을
차려 주었다. 그러는데 오늘 교회에서 준 점심이 어느 권사님의
아들이 죽어서 장례식에 교인들이 수고했다는 답례로 감사하다
며 대접했다는 것이 생각났다.
늙어서 내가 죽어야 하는데 아들이 죽어서 점심을 대접하는 그
심정 얼마나 아플까.

오래 사는 게 무섭다. 마음대로 못 하는 일

교회에 가서 예배드리고 점심 먹고 집에 왔더니 큰딸이 전화를 했다.

나이를 많이 먹으니 아이들이 걱정을 한다. 아침에 전화가 오기 시작하면 심심찮게 계속 온다.

아이들 생각에는 내가 서울로 올라가기를 바라는데 나는 아직도 가고 싶지 않다.

내일은 학교에 가니 좋다. 또 서울에 가면 재미없을 것 같아서 안 간다.

1주일 쉬었다가 학교에 가서 선생님과 친구들을 만나니 그간보다 더 반갑다.

사람은 자주 만나야 가까워진다.

전에 아이들을 외국으로 유학 보내고 어떻게 살았나 하는 생각이 든다.

그렇다. 주어지는 대로 사는 게 인생살이지 생각하니 나도 모르게 눈물이 난다.

왜일까?

아침에 일어나서 화장실 가다가 넘어져서 다쳤다.

많이 다친 줄 알고 놀라서 병원에 갔더니 조금 다쳤다고 해서 집에 왔다가 다시 학교엘 갔다.

공부를 하는데 손이 떨린다. 내 나름대로 많이 다친 줄 알고 놀란 것 같다.

아무한테도 말하지 않고 파스를 붙이고 쉬었다.

날씨도 춥고, 명절도 다가오는데 다치면 아이들이 걱정할 것이다.

나이가 먹으니 아무것도 할 수가 없다.

일은 기운이 없어서 못 하고, 생각은 기억력이 없어서 못 한다.

어제 통장의 돈 때문에 그토록 놀랐는데 오늘 농협에 가서 확인해보니 내가 찾아서 서울 딸한테 송금해 놓았던 것이다. 그래놓고는 까마득히 잊어버리고 그토록 놀라서 죽는 줄 알았으니 살은 건지 죽은 건지 알 수가 없다.

왜 이렇게 되었나. 너무 한심해서 눈물이 다 난다.

손자가 미국에서 왔다고 하기에 한 번 보고 싶어서 언제 서울에 갈까 전화를 했더니 아들이 데리고 온다고 한다. 고마운 건지 서운한 건지 모르겠다.

어머니가 하신 말씀이 생각이 난다. 내 마음대로 찾아가지 못하니 가고 싶어도 갈 수가 없다.

그저 내 구대기가 좋다.

아침에 강 권사님 집에서 구역 예배드리고 파마를 했다. 나이가 먹어도 머리카락이 자라는 것은 참으로 신기하다.

손자 성태가 미국 간다고 비행기 안이라며 전화를 했다. 너무나 대견하고 기특하다.

아빠와 떨어져서 혼자 비행기 타고 잘 다니는 우리 성태가 너무나 예뻐서 업어라도 주고 싶다. 잘 커서 훌륭한 사람이 될 거라고 믿는다.

요즘 어깨가 아파서 침술원으로 침을 맞으러 가려고 해도 시간이 맞지 않아서 계속 미루던 차였다.

오늘 전화를 걸었더니 오라고 해서 가서 침 맞고 오는데 아는 택시 기사님이 나를 보고는 그냥 태워주셔서 잘 돌아왔다.

사람은 하룻길도 우연히 만나서 좋게 이루어지기도 하고, 잘 해보려고 애써도 잘 맞지 않아서 실망도 한다.

5월 20일

어제 막내딸이 왔다.

아침에 윤 법무사에 가서 일 보고 점심 먹고 갔다.

온다고 하면 마음이 참 좋다.

가고 나면 서운하다.

집에 와서 밥 먹어라

아이들이 내가 사는 서천집에 오면 하나같이 식당에 가서 밥을 사먹는다. 그래도 나는 가끔 아이들한테 밥을 해주고 싶다.

막내아들이 휴게소에서 밥을 먹고 온다며 전화를 했다. 혼자 오니까 집에 와서 먹으라고 했더니 엄마가 힘들 거라며 사먹고 오겠단다.

"엄마가 앞으로 몇 번이나 밥을 해줄 수 있겠느냐. 그러니 집에 와서 먹어라."

아들이 그러겠다고 해서 나는 신이 나서 밥을 해 놓고 기다렸다. 아들이 내가 해준 밥을 맛있게 먹어줘서 정말 기분이 좋았다.

그 뒤로는 아이가 혼자 오면 꼭 집에 와서 밥을 먹는다. 아직도 내 손으로 내 자식들한테 밥을 해줄 수 있어서 좋다. 끝까지 이렇게 살고 싶다.

친정 어머니

언제부터인지 자세히는 몰라도 친정 어머니는 기도를 많이 하셨다는 기억이 남아있다. 나도 언니들을 따라 주일학교를 다녔다. 그러다가 결혼을 하게 되었다. 교회 문제는 물어보지도 않고 시집을 가보니 남편네는 불교 집안이었다.

시집갔으면 그 집에 맞추어 사는 게 여자의 도리라고 생각하고 교회를 접었다. 가난한 살림 꾸려가느라 교회고 절이고 생각할 겨를이 없었다.

어머니도 이해해주시어 아무 말씀도 하지 않으셨다. 그런데 나이가 드시더니 나더러 교회를 가라고 하셨다. 어머니가 하도 여러 번 말씀하시어 남편한테 말을 꺼내보았다. 교회 가면 조상님 제사는 어쩔 거냐고 노발대발했다. 어쩔 수 없이 다시 마음을 접었다.

내가 교회를 안 다녀서 어머니께서 무척 아쉬워 하셨다. 하루는 이런 이야기도 하셨다.

"우리 식구는 다 이 다음에 천당에 가서 만날 건데 너만 못 만나면 어떻게 하겠느냐."

어머니께 너무 죄송했지만 남편이 워낙 강하게 반대를 하니 어찌할 수가 없었다. 그러다 내 나이 육십에 어머니가 병이 나서 누우셨다. 연세도 많으시고 해서 돌아가실까 걱정이 되어 남편한테 이야기하고 서울 친정과 서천을 왔다 갔다 하면서 병간호를 해드렸다.

하루는 여러 날 남편을 혼자 두었다 싶어 잠시 집으로 갔는데, 그 사이에 어머니가 돌아가셨다는 기별이 왔다. 다시 기차를 타고 서울로 와서 친정으로 갔다. 오남매 중에서 나만 임종을 못 지켜드렸다. 어머니께서 이 다음에 나만 천당에서 못 만날 걱정을 하시더니 나만 임종을 못 보다니…. 너무 죄송하고 마음이 아파서 견딜 수가 없었다.

어머니 돌아가시고 일 년이 지나도 마음이 잡히질 않아서 교회를 나가야겠다고 결심을 했다. 남편이 반대하는 일은 집안에 분란을 일으키지 않으려고 모두 참아왔지만 이번만큼은 어쩔 수가 없었다. 어머니께 너무 큰 불효를 했다는 죄책감에 남편한테 묻지도 않고 교회를 갔다. 생각했던 대로 남편은 화를 냈고 집안은 난리가 났다. 어머니에 대한 죄송한 마음에 남편이 화를 내도 무섭지가 않았다. 남편한테 내 마음을 설명하고 교회를 다녀 천당에 가서 어머니를 만나 뵙고 죄송하다고 용서를 빌겠다고 하였다. 내가 워낙 완강하니까 남편도 더 이상 화는 안 내고 제사는 어쩔

거냐고 물었다. 제사는 지금까지 해왔던 것처럼 잘 모시겠다고 약
속했더니 더 이상 아무 말 하지 않았다.

그때부터 교회를 다니기 시작해서 지금까지 나름대로 열심히
다니고 있다. 남편이 믿지 않아서 늘 마음에 걸리고 옛날에 어머
니가 하신 말씀이 생각이 났다. 남편을 구원 못 시켜서 요 다음
에 천당에서 못 만나면 어쩌나 하는 걱정이 되었다.

하도 완강한 사람이라서 교회를 가자고 말 한 번 꺼내보지도
못했다. 나중에 남편이 아팠을 때 그게 후회가 되었다. 다행히 세
상 떠나기 전에 며느리가 목사님을 모셔 와서 기도해주셨다.

천당에서 어머니도 만나 뵙고 남편도 만났으면 좋겠다.

내게 남은 숙제

아는 분을 교회에서 만났더니 시아버님 산소에 가보라고 하신다. 그 동네에 멧돼지가 내려와서 여러 집의 산소를 파헤쳤다고 한다. 깜짝 놀라서 당장에 가보니 들은 대로였다. 그래도 우리 아버님 산소는 마당만 파헤치고 봉분은 건드리지 않아서 다행이었다.

앞으로 산소 관리가 걱정이 된다. 남편 살아 있을 때는 나하고 같이 시집 산소며 친정어머니 산소를 잘 보살폈다. 때마다 둘이 같이 가서 풀도 매고 옆에 나무도 심고 정성을 들였는데 나 혼자서는 그렇게 할 수가 없다. 친정 부모님 산소는 동생이 서울 옆에 있는 공원묘지로 모셔갔다.

성묘도 편하고 관리하기도 좋다고 우리 산소도 그쪽으로 옮기라고 권한다. 아이들도 옮기자고 하는데 나는 마음이 내키지 않는다. 남편이 워낙 산소에 대한 정성이 지극했고 지금 산소 자리를 아주 좋아했다.

자식들이 이곳에 한 명도 살지 않으니 앞으로 관리는 어려울 것 같다. 내가 어떻게 해놓고 죽어야 하나, 큰 고민이다. 내게 남은 마지막 숙제이다.

김영희 쉼터

여보, 오늘 당신도 와서 봤지요? 당신 이름 따서 '김영희 쉼터'를 만들었어요. 당신 세상 떠나고 아이들이 당신 이름으로 군에 기부해서 만든 거예요.

다른 집 아이들은 부모가 세상을 떠나면 재산 때문에 많이 싸운다는데 우리 아이들은 정말 착해요. 올해 가기 전에 하느라고 오늘 제막식을 했어요. 추운 때라서 걱정했는데 아침에 눈발 조금 뿌리다가 금세 개어 해가 반짝 나왔어요.

군수님이며 우리 이웃 분들이며 도만리 분들까지 많이 오셔서 축하해주셨어요. 당신이 예뻐하던 내 동생 태영이도 서울에서 일부러 와서 무척 좋아했어요. 처음 결혼해서 도만리에 살 때 80호 사는 부락에서 우리가 제일 가난해서 내가 혼자 울기도 많이 했었는데 오늘 이런 날이 올 줄은 정말 몰랐지요.

오신 손님들한테 인사말을 하라고 해서 내가 먼저 하고 막내아들 종덕이가 했어요. 무슨 일이든 늘 나를 앞세워줘요. 당신이 아이들을 잘 가르쳐줘서이지요.

제막식 끝날 때 흰 보자기를 잡아당겼더니 당신 이름이 새겨진

기념비가 나왔어요. 텔레비전에서만 보던 일이 우리한테 생겼어요. 당신도 와보면 진짜 좋아하실 거예요.

끝나고 집에 와서 생각해보니 또 가보고 싶어요.

봄에는 더 좋을 것 같아요. 당신도 가끔 와보세요.

당신이 원한 대로 구십 살 못 채운 게 우리도 아쉬워요. 그것도 할 수 있는 거면 자식들이 나서서 해줬을 건데 그건 사람이 못 하는 일이라 어쩔 수가 없잖아요. 나는 이제 더 이상 바라는 거 없어요. 건강 잘 지키며 하는 공부 조금만 더하고 당신 만나러 갈게요. 나중에 나도 당신처럼 열흘만 누워 있다가 가고 싶어요. 그때까지 내 건강 아이들 건강 잘 돌봐줘요.

부탁해요.

지는게 이기는것

　나는 평생을 지고만 살았다. 나중에 친정어머니 애기를 들어보니 어렸을 때는 고집이 셌다고 한다.

　시집가서 남편이 세상을 떠날 때까지 66년 동안 늘 지고 살았다. 어떨 때는 억울하기도 했지만 집안이 조용하려면 내가 지는 수밖에 없었다.

　아이들 공부시키느라고 서울에 보내놓고 서천과 서울을 왔다 갔다 했다. 서울에 잠깐 들러 다니가면서 아이들에게 싫은 말은 할 수가 없었다. 그러다보니 모든 사람들한테 질 수밖에 없었다. 그래서 지금도 젊으신 분들과 어울릴 때 내 주장을 내세우지 않아서 잘 지내는 것 같다.

　늙은 다음에 남편한테 평생 동안 당신한테 지면서 살았다고 짜증을 부린 적도 있었다. 그런데 지금 와서 생각해보니 지고 산 것이 잘한 일이었다. 지는 것이 이기는 것이라는 말이 맞는 말이다.

서천 여자고등학교 장학금 전달식에 갔을 때

안녕하세요, 여러분! 이렇게 만나게 되어 반가워요. 그런데 이 자리에 서서 생각해보니 할 말이 없습니다.

여러분들은 나보다 수억만 배를 배워서 많이 알고 있는데 내가 무슨 말을 하겠습니까? 다만 세상을 살아온 선배로서 몇 마디 부탁의 말을 드리겠습니다.

사람에게는 누구에게나 그때그때 주어진 시간이 있지요. 그 시간을 어떻게 쓰느냐에 따라 일생이 행복할 수도 불행할 수도 있지요.

여기 서신 여러분들께서는 지금 주어진 시간을 잘 써서 세상에서 없어서는 안 될 훌륭한 여성 인물로 우뚝 서보라는 부탁을 드리겠습니다.

나는 어릴 때 집이 가난하여 그때 주어진 시간을 잘 못 써서 일생 동안 한을 가슴에 안고 살아왔지요. 그러니 여러분들께서는 내 부탁을 꼭 간직하시어 이 세상에 큰 빛이 되십시오. 잘 부탁합니다.

감사합니다.

할매의 봄날

행복

행복이란

내게 주어지는 대로

받아들이는 것이다.

어디서 빌릴 수도 없고

살 수도 없다.

남한테 추한 모습 보이지 않고

자식들에게 짐 되지 않으면 행복이 아닌가.

멀리 있는 행복만 쫓아가지 말고

가까이 있는 행복을 눈 여겨 보자.

지금 내가 느끼는 이 행복이

항상 내 맘 속에 머물고 있기를

간절히 기도해본다.

부록
우리 엄마

- 김휘린

저것이 무엇에 쓰는 물건인고?

우리 집에는 다른 집에서 볼 수 없는 풍경이 있습니다. 그것은 거실의 화분들 가지 끝에 야쿠르트 통, 작은 약통, 화장품 상자들이 대롱대롱 매달려 있는 모습입니다. 어찌 보면 전위적이기까지 한 그 모습에 사람들은 너무도 궁금해 합니다. 그들은 소파에 앉아 있다 그 이상한 모습에 눈길을 보내고는 고개를 갸웃갸웃합니다. 그러다 결국에는 묻습니다.

"저게 뭐야?"

저는 그들의 궁금증을 풀어주기보다는 자극하려는 마음이 불쑥 솟구칩니다.

"글쎄, 한번 맞춰 봐."

사실 이 기묘한 작품은 우리 엄마의 것입니다. 저도 처음에는 이게 뭔지 왜 이걸 해 놓으셨는지 몰랐습니다.

다른 집들도 그렇겠지만 저도 꽃들과 나무들이 똑바로 자라길 바라서 초록색으로 된 지지대를 꽂아 식물들에게 붙들어 매어 놓았습니다. 그런데 제 집에 놀러 오신 엄마는 화분에 물을 주시다 그것을 보시고 맙니다. 그리고 그 지지대가 마음에 걸린 것입니다. 딸내미의 손에 얼굴에 생채기라도 내지 않을까 싶은 물건으로 보인 것입니다. 엄마가 보시기에 저는 나이만 먹은 덜렁이였습니다. 안전장치를 설치하지 않으면 안 되었습니다. 그래서 지지대 끝에 야쿠르트 병을 비롯해 약 상자 화장품 상자 어쨌거나 당신이 찾을 수 있는 물건들로 안전망을 설치하신 것입니다.

즉 구십을 바라보는 어머니가 오십이 넘은 조심성 없는 딸을 걱정하는 사랑의 안전망입니다. 무얼 보아도 그저 당신 자식을 기준으로 생각하는 엄마의 자식바라기에 공연히 내 마음이 뜨듯해져서 그대로 놓아둘 수밖에 없습니다. 그것을 사람들이 보고 궁금해 하는 것입니다. 그리고 제가 말하는 정답에 다들 고개를 끄덕거리며 말합니다.

"아! 그렇구나."

엄마는 초능력자

신이 모든 사람과 함께 있을 수 없어서 엄마를 보내주었다고들 합니다. 저는 그 말을 믿습니다. 엄마한테 얘기하면 뭐든 다 될 거라는 믿음을 어려서부터 갖고 있었습니다. 그래서 무엇이든지 엄마한테 묻거나 부탁합니다. 그런데 신기하게도 엄마는 당신이 전혀 모르는 일에도 가장 좋은 해결책을 내어줍니다.

프랑스로 유학을 떠나며 짐을 꾸릴 때도 마찬가지였습니다. 저는 여기저기서 정보도 많이 찾고 물어서, 필요한 것들을 어떻게 들고 가고, 어떤 것들은 그곳에 가서 새로 사야겠다는 계획을 세웠습니다.

그런 저에게 엄마는 말씀하십니다.

"지금이 초가을이니 당장 필요한 것들과 나중 필요한 것들로 나누어서 부치고, 그 중에서도 들고 갈 짐은 만약의 경우를 대비해서 꾸려야 한다. 그곳에 도착한 후 2-3일은 시장에 못 갈 수도 있고 누구의 도움도 못 받을 수 있다. 사람 일은 모르는 것이다. 그래도 잘 지낼 수 있도록 짐을 꾸려야 한다."

그리고 엄마는 제가 프랑스에 가서 누구의 도움도 없이 엄마가 싸준 가방만으로 2-3일을 견딜 수 있도록 해주셨습니다.

세면도구, 작은 비누, 두세 번 쓸 수 있는 주방 세제, 약간의 쌀과 밑반찬, 라면 두 개, 통조림 그리고 숟가락 젓가락 한 벌과 노란색 작은 냄비까지…

가방 안에 있던 것들입니다. 그리고 그 가방은 실제로 저를 편안케 해주었습니다. 그 후에는 어디를 가더라도, 현지에 가서 시장에 갈 계획이 있더라도, 하루 이틀을 살 수 있는 엄마표 가방을 꾸리게 되었습니다. 그 엄마표 가방은 당신의 자식을 생각하는 마음에서 비롯된 당신만의 생활의 지혜, 사람에 대한 이해, 세상의 물리를 합한 결정판이었을 것입니다.

엄마의 마음은 꼭 현실 생활에만 드러나는 것은 아니었습니다. 지금도 이해할 수 없는 일이 있습니다. 제가 유학 생활 중에 엄마는 딱 두 번 전화를 하셨습니다. 지금도 그렇지만 당신에게 국제 전화는 그 많은 숫자와 전화기 너머에서 들려올 낯섦에 대한 공포로 다가가기 두려운 일이었습니다. 그래서 늘 제가 전화를 했었습니다.

그런데 그 두 번의 전화를 해 왔을 때는 제가 유학생활 중에 가장 힘들어 절망감으로 누워있을 때였습니다. 저는 지금도 왜, 그때 엄마가 직접 전화를 했는지 알 수가 없습니다. 전화번호는

진즉 갖고 있었지만 때마침 그때 전화를 하신 것입니다. 꿈속에 제가 보였는지, 뭔가를 느끼셨는지….

엄마의 전화를 받고 엉엉 울었습니다. 그리고 다시 일어설 수 있었습니다. 그때 일을 생각하면 지금도 가슴이 먹먹해옵니다.

큰동생이 세상을 떴을 때도 마찬가지였습니다. 갑작스런 사고 소식을 듣고, 우리끼리 엄마한테는 알리지 않기로 하고 장례를 치렀습니다. 그런데 엄마가 끊임없이 전화를 하시는 것이었습니다. 마침내는 서울로 올라오셨습니다. 모든 것이 불안하고 두렵고 마음을 잡을 수가 없었다는 것입니다. 엄마는 자식일이라면 뭐든지 알 수 있다는 생각을 하지 않을 수 없었습니다.

세상의 엄마는 모든 것을 아는 사람, 모든 것을 할 수 있는 능력자, 아니 이해할 수 없는 일도 할 수 있는 초능력자인 것입니다.

공부의 재미,
요즘 사람은 몰라

지금 연세가 많으신 부모님을 둔 세대라면 다들 귀에 딱지가 앉을 정도로 듣는 말들이 있을 것입니다.

"우리가 어렸을 때는 가난해서…."

"그때 먹을 것이 없어서…."

"그때 너무 춥고 배고파서…."

지금은 돌아가신 큰 회사 회장님부터 시골 노인에 이르기까지 어느 분이 얘기하셔도 낯설지 않습니다. 우리 집도 그랬습니다. 그래서 밥 먹을 때 투정부리는 건 상상도 할 수 없었고, 밥 한 톨이라도 흘려서는 안 되고, 지저분하게 남겨도 안 되었습니다. 게다가 농사꾼 집안이었으니, 그 밥 한 알이 입에 들어오기까지 얼마나 힘든지도 함께 들었습니다. 여기에 우리 부모님은 하나를 덧붙이셨습니다.

"학교 문전에도 못 가본 것이 한이 돼서…."

"공부를 못 한 것이 너무 속상해서…."

어떤 좋은 칭찬도 반복되다 보면 귓등으로 흘려듣게 마련입니다. 우리도 그랬습니다. 언젠가부터 그냥 그런가보다 하고 듣게 되었습니다. 그러던 어느 날, 정말 그 배우지 못했다는 것이, 아니 정확하게 말하자면 글을 제대로 모른다는 것이 당신들에게 얼마나 큰 고통인지를 느끼게 되었습니다.

자동차가 많지 않던 때였습니다. 아버지는 양복일 때문에 이곳 저곳 다니셔야만 했습니다. 처음에는 자전거를 나중에는 오토바이를 타셨습니다. 그런데 오토바이를 타려면 면허를 따야했습니다. 아버지는 시험을 보러 가셨습니다.

아버지는 당신이 필요한 것들은 읽고 쓸 수 있는 정도였습니다. 그렇지만 많은 문제들을 빨리 읽고 답을 쓴다는 것이 당시 아버지껜 불가능한 일이었습니다.

시험장에서 당신은 멍하니 앉아 시간을 보내셨답니다. 그 한 시간도 안 되는 시간이 당신께 어떻게 다가왔을지 저는 상상도 못하겠습니다. 돌아오시는 길, 당신의 눈에서는 눈물이 줄줄 흐르는데 멈출 수 없었다고 합니다. 집에 들어오실 때는 눈이 퉁퉁 부어 있었고, 마당에 들어서자마자 대성통곡을 하며 꺼이꺼이 우셨습니다. 하늘이 맑은 날이었습니다.

엄마 아버지에게 공부는 단순히 글을 알고 모르고 그런 것이 아니었습니다. 당신들에게 막힌 장벽이자 허락되지 않는 다른 세계였고 그것을 뛰어넘는 사건이었던 것입니다

그래서였을 것입니다. 엄마가 일흔여덟에 공부를 시작했다가 아버지 허리에 협착이 와서 공부를 중단했습니다. 일어나지도 못해서 결국 서울에서 수술을 두 번이나 받고 열 달 후에야 다시 시골집으로 내려가셨습니다. 그런 상황에서 아버지는 엄마에게 다시 학교에 나가라고 하셨답니다. 아버지 혼자서는 거동하지 못해 무엇보다 화장실이 큰 문제였는데, 당신께서 참으면 된다고 학교에 가라고 하셨답니다.

지금도 엄마는 공부가 끝나면 정신없이 달려와서 소변통을 대주었다는 이야기를 하십니다.

아버지가 돌아가신 한참 후까지 오랫동안 밖에 있을 때면 깜짝깜짝 놀랐다고 하셨습니다. 남들하고 있다가도 불현듯 이런 생각이 든답니다.

"내가 이러고 있어도 되나? 이 양반이 기다릴 텐데 빨리 집으로 가야지."

우리 아버지 어머니에게 공부는 최고의 그리고 절대의 가치를 지닌 것입니다. 그래서 엄마는 공부에 치인 요즘 사람들을 절대

이해할 수 없다고 말씀하십니다.

"세상에서 공부가 최고 재미있어."

아버지는 농사꾼

아버지는 평생을 양복일과 농사일로 사셨습니다. 요즘 말로 두 잡 인생입니다. 그런 당신께 농사와 양복일은 인생의 진리를 터득케 한 것 같습니다.

봄에는 다 죽은 것 같던 만물이 소생하니 미리미리 준비했다가 때 맞춰 씨를 뿌려야 하고, 여름에는 뜨거운 햇빛과 비가 올 것이니 그것에 대비해야 합니다. 가을은 수확의 계절로 일 년 동안 흘린 땀의 대가였기에 더욱 소중히 하셨습니다. 겨울에도 당신은 가을의 수확 덕분에 따뜻한 밥을 먹을 수 있음에 감사드리며 다음 봄을 준비하셨습니다. 퇴비도 만들고 좋은 땅으로 가꾸며 다음 농사를 준비하셨습니다.

그렇게 평생의 일에서 세상의 이치와 지혜를 터득하신 분입니다. 그리고 그 진리를 반드시 실천하는 실행력을 갖추신 분이셨습니다. 농사일 이라는 것이 일 년 내내 때맞추어 하나라도 해 주지 않으면 한 해 농사를 다 망칠 수 있습니다. 봄에 씨를 뿌리지 않고 미루다가 가을에 뿌릴 수도 없고, 여름 타는 듯한 햇볕에 작물을 놓아둘 수 없어 물이라도 길어다 바쳐야 합니다. 추수할 때

거두지 않으면 수고는 몽땅 땅으로 흡수되어 헛일이 되어버립니다. 겨울에 준비하지 않으면 땅은 또한 시들어 제 힘을 내지 못하니 당신께서는 그 모든 시기에 당신의 수고를 내어주지 않으면 안되었던 것입니다.

땅이 이렇게 답하는데 사람이야 오죽하겠습니까. 양복일 역시 그 수고에 미치지 않을 리 없었을 것입니다. 당신께는 자연과 세상을 살며 깨달은 것이 진리였고 그것을 실천하는 것이야말로 전부였던 것입니다. 그야말로 우직함입니다.

우리는 공부를 하며 정보도 많이 얻고, 다른 꾀도 생기고 그래서 이렇게 저렇게 뒤집기도 합니다. 결국 편하고 쉬운 일을 하거나 아니면 실천하지 않고 그냥 두어버리는 경우도 있습니다. 그런데 이분들은 알고 깨달으면 반드시 실천합니다. 우리가 초심이라고 부르는 것들을 지키신 분들입니다. 온 몸으로 차곡차곡 시간들을 쌓아 인생을 일궈 온 그런 삶 앞에는 당연한 결과가 따라올 뿐입니다. 당신들은 자연에서 순리를 보았고, 생활에서 그 이치에 순복했습니다.

그 인생 앞에 누구든 겸허한 마음을 품는 것이 인지상정 아닐까요?

엄마는 울보

아버지는 울거나 약한 모습을 거의 보인 적이 없으시지만 엄마는 참 많이 우셨습니다. 아버지가 무어라고 얘기만 하면 엄마는 울었습니다. 엉엉 소리 내서 우는 게 아니라 그냥 아무 말도 못하고 눈물만 흘리다가 부엌으로 향하셨습니다.

제가 이해할 수 없었던 것은 부엌으로 향할 때 방문을 아주 조용히 닫고 나오는 거였습니다. 우리 집에서는 아버지한테 말대답하는 것은 상상도 못 했습니다. 엄마가 뭔가에 화가 나거나 속이 상했어도 아버지한테 말대답을 못 하는 게 이해되었습니다. 그런데도 어린 제 생각엔 문을 '쾅!' 하고 닫아야 맞을 것 같은데, 아주 조용히 닫고 나와서 눈물을 훔치고 아무 일도 없었다는 듯이 부엌일을 하시는 거였습니다. 참 이해할 수 없는 행동이었습니다.

나중에 생각해보니 엄마는 화를 낼 수가 없는 상황이었던 것 같았습니다. 집에는 늘 사람이 많았습니다. 농사철에는 들일하는 아저씨들이 많았고 양복점에 딸린 공장에도 직원들이 많았습니다. 엄마 생각에 그렇게 많은 식구들이 있는데 당신이 화를 내면 아버지가 더 화를 낼 테고 집안 분위기가 안 좋아지니까 그냥 모든 걸 당신이 삭이느라고 그렇게 우셨던 것 같습니다.

막내 동생이 어렸을 때 엄마가 또 아버지한테 꾸지람을 듣고 나와서 우는 걸 보고 이렇게 말했습니다.

"엄마는 울보야. 맨날 울기만 해. 아버지가 뭐라고 하면 아무 말도 못 하고 울기만 해. 나한테는 조금만 잘못해도 막 소리 지르면서."

엄마는 우는 것 외에 당신 마음대로 할 수 있는 것이 없었던 것 같습니다.

제가 유학 시절 외할머니가 돌아가셨고, 형제들 중에서 당신만 임종을 못 하셨다고 합니다. 동생이 보내온 편지에 의하면 엄마가 너무 많이 울어서 마음이 안타까웠다고 씌어 있었습니다. 당신 엄마에 대한 미안한 마음과 말 못 할 여러 설움들이 더해져 엄마를 그렇게 울게 한 것 같습니다.

큰아들이 세상을 떴을 때도 엄마는 아무것도 못 하고 그저 울기만 하셨습니다.

엄마에게 어쩔 수 없는 일이 일어나지 않기를, 그저 울 수밖에 없는 일이 생겨나지 않기를…, 그렇게 바랄 뿐입니다.

아버지는 대장이다

집안에는 가장이 있습니다. 아버지는 가장의 책임에 대한 생각이 유별나셨습니다. 당신이 3대 독자 외아들로 태어났고, 집이 가난했기에 더욱 책임에 일찍 눈을 떴고, 집안의 안녕이라는 사명에 결혼도 일찍 하신 것 같습니다. 게다가 일찍 부모를 잃어 기댈 곳 없는데 책임질 아이들이 쑥쑥 늘어나는 처지였습니다. 당신의 등에 놓인 짐의 무게가 어땠을지 저는 짐작키 어렵습니다. 지워진 삶의 무게를 버티며 일생을 살아오신 분입니다. 다른 생이 끼어들 여지가 없었기에 나이가 드셨음에도 가장의 책임이 오롯이 남았을 터였습니다.

그런 아버지가 어느 정도 안정을 찾으신 후에 즐기신 것이 여행입니다. 가족이 다 같이 해외여행도 여러 번 했습니다. 그때도 아버지는 당신이 많은 식구들의 책임자라는 생각을 하셨던 것 같습니다.

태국에 갔을 때의 일입니다. 여행사를 통해서 갔으니까 미리 여행비도 다 냈고 특별히 우리가 돈 쓸 일이 없었습니다. 그런데 낮에 관광을 마치고 호텔로 들어갔더니, 엄마가 우리를 부르셨습니다. 아버지는 우리에게 직접 얘기하시는 걸 쑥스러워 하셔서 늘 엄마를 통해 말이 전달되었습니다.

얘기는 낮에 아버지 지갑에 있던 돈이 없어졌다는 것입니다. 가게에 들어갈 때, 날씨가 더워 웃옷을 단체 버스에 놓아둔 채 나왔다가 아차 싶어 돌아가 확인했더니 지갑 속의 돈이 없어졌다는 것입니다. 얼마나 없어졌냐고 물으니 한국 돈 백만 원이라고 하셨습니다. 한국 돈을 왜, 그것도 그렇게 많은 돈을 가져오셨냐고 여쭈었습니다. 당신은 당당하게 답하셨습니다.

"이렇게 우리 가족이 다 같이 움직이는데 객지에서 무슨 일이라도 생기면 돈이 있어야 한다. 그래서 출발하기 전에 2백만 원을 찾아서 넣고 왔다."

아버지는 그런 사람이었습니다. 아버지는 늙어서 돌아가실 때까지도 당신이 집안의 가장이라는 생각이 투철하셨습니다. 다들 장성해서 따로 일가를 이루고 살았어도 우리 집안에서는 아버지 말씀이 가장 중요했고, 거스를 수 없었습니다. 그 생각은 유언장에도 드러났습니다.

"아버지 살아있을 때처럼 엄마에게 똑같이 하라."

우리들도 그 말씀을 받들려고 노력합니다. 당신이 돌아가신 후에도 우리는 아직도 아버지가 가장이신 것처럼 받들며 삽니다.

돌아가시고 집안일들을 처리하기 위해서 저는 아버지의 장부며

수첩들을 모두 가져왔습니다. 글씨를 알아보기 힘들 때도 있지만 당신 나름의 원칙으로 기록한 것을 보면 절로 마음이 진지해졌습니다. 당신의 인생이, 철학이 언뜻언뜻 보입니다. 지금도 집안일을 처리할 때 한번쯤은 꼭 아버지의 마음으로 헤아리게 됩니다. 그렇게 아버지는 우리 집안의 영원한 대장으로 살아계십니다

엄마한테 없는 것

엄마는 남들에게 다 있는 것들 몇 가지가 없었습니다.

첫째, 친구가 없었습니다. 옆집 앞집 아주머니들과 인사하며 지내는 것 말고는 평생 동안 계모임 한 번도 해 본 적이 없다고 합니다. 일단 집안일이 늘 바빠서 그걸 하러 나갈 시간이 없었고, 그렇게 나돌아 다니는 걸 아버지가 싫어하시니 엄두도 내지 않으셨다 합니다. 사실 촌에서는 서로 다 아는 사이니까 형님 동생하며 그런 계모임을 더 많이 하는 법인데도 그렇게 사신 것이 신기할 정도였습니다.

둘째, 엄마는 패물이 없었습니다. 나이 70세까지 그 흔한 금반지 하나 없었습니다. 나이가 들면 다들 누런 금반지나 가짜 알이 큼직하게 박힌 반지 같은 걸 좋아하는 편이고 그걸 못 할 형편도 아니었는데 엄마에게는 없었습니다.

어릴 때는 너무 어려서 그런 사실도 알지 못했고, 아버지는 워낙 무심한 사람이라서 그런 걸 챙겨주지 않았고, 엄마는 자기 걸 하겠다고 나서는 사람이 아니라서 그리 된 것 같습니다. 그런데

남자인 아버지는 남들보다 그런 것을 많이 가지고 계셨습니다. 작은 알이 박힌 아저씨 표 다이아 반지도 있고, 금이나 알을 박아 만든 넥타이핀도 있어서 늘 하고 다니셨습니다.

제가 생각해보니 엄마는 아버지를 챙겨서 다 해드렸고, 아버지는 그런 걸 챙길 줄 몰라 엄마에게는 없었던 것 같습니다. 우리가 조금 나이가 들면서 엄마가 70세 되던 해에 아버지께 말씀을 드려 패물을 해 드리자고 겨우겨우 간청해서 몇 가지 패물을 장만해 드렸습니다. 그리고 큰언니가 엄마한테 선물한 옥 목걸이 등이 엄마의 평생 패물입니다.

아버지 돌아가시고 일 년이 되어갈 때쯤 엄마가 우리한테 그 패물들을 골고루 나누어 주셨습니다. 우리는 다음에 달라고 극구 사양했는데도 당신 나름 공평하게 나누어 주셨습니다. 나중에 알고 보니 당신이 기자한테 말한 대로 일 년만 살아지는 줄로 생각하셨던 것입니다. 그 일 년 후의 준비였던 모양입니다. 싫다는 우리한테 엄마가 생각해 낸 핑계가 이거였습니다.

"패물도 젊을 때 해야 예쁘더라. 지금 이쁘게 하거라."

엄마는 그런 사람입니다. 당신이 가진 모든 걸 그저 우리에게 나누어 주고 싶고 그것이 기쁨인 사람.

프랑스 여행

제가 프랑스에서 유학할 때, 엄마 아버지가 저를 보러 오셨습니다. 엄마는 제가 어찌 사는지가 궁금해서 진작부터 와 보고 싶어 하셨고, 아버지는 집을 오랫동안 비울 수 없다고 반대하셨답니다. 살림 사는 사람이 그렇게 먼 곳까지 갔다 오는 건 아니라고 하셨지만 엄마와 온 가족이 설득한 끝에 오시게 되었습니다. 부모님 인생의 첫 해외여행이었고, 아버지로서는 큰 결심을 해 주신 거라서 제 나름대로 최선을 다해서 여러 가지를 보여 드리고 싶었습니다. 그러다 보니 새롭게 알게 된 것들이 있었습니다.

아버지가 호기심이 아주 많은 사람이라는 것. 아버지는 무엇이든지 알고 싶어 했고 설명해 드리면 정말 찬찬히 잘 듣고 잘 들여다보셨습니다. 요즘 인기인 '꽃할배'의 이순재 할배를 보면 아버지를 떠올리게 됩니다.

반면에 엄마는 차멀미도 하시고 몸이 약해서 구경은 좀 힘들어 하셨습니다. 그보다는 제가 어떻게 사는지를 더 알고 싶어 하셨습니다. 기숙사 방도 찬찬히 둘러보고, 학교 식당도 가 보고 싶다 하셨습니다. 나이 드신 분들한테 딱딱한 바게트로 하는 학생 식당의 식사는 속에 안 좋다고 해도 엄마가 고집을 피워 다 같이 학생 식당에 가서 식사도 했습니다.

엄마는 다시 한국으로 가면 당분간 못 보니까 내가 어떻게 사는지 구석구석 보고 싶어 하셨고, 뻔한 일상의 생활들도 모두 알고 싶어 하셨습니다.

아버지는 그런 엄마가 답답했는지 이렇게 얘기하셨습니다.

"이상한 것만 보지 말고 구경할 때 얘가 설명하는 것 좀 잘 들어봐. 우리가 하나도 모르는 것들을 얘가 다 설명해 주잖아. 얼마나 재미있는지 몰라."

그렇게 에펠 탑도, 루브르도, 베르사이유도 구경했고, 베르사이유의 화려함에 감탄하던 아버지는 제가 나중에 혁명이 일어났다고 말해 주자 이렇게 덧붙이셨습니다.

"당연한 일이다. 나라건 사람이건 사치하면 망하게 마련이다. 그리고 왕이 그렇게 살면 아무리 힘없는 백성이라도 들고 일어나는 법이다. 사람은 다 같은 거니까!"

두 분과 함께 여행하며 엄마와 아버지의 사랑이 참 다르다는 생각을 하게 되었습니다. 다르지만 두 분 다 너무 좋았습니다.

무엇보다 제 설명에 귀 기울여주던 아버지가 너무 고마웠습니다. 저로서는 아버지가 저를 온전히 인정한다는 첫 느낌이었습니다. 아마 아버지는 늘 아들들이 우선이라는 생각이 있었기 때문

일지도 모르겠습니다.

아버지도 당신들은 알지도 못하고 말 한 마디 통하지 않는 외국 땅에서 그저 막내딸이라고만 생각했던 딸을 의지하여 외국의 여러 곳을 여행한 것이 새로운 경험이었던 것 같습니다. 그 여행을 통해서 큰 장점을 하나 더 알게 되었습니다. 무엇이든 알려고 하고 전문가를 우대하고 믿는 점. 그 후로 아버지는 여행의 즐거움에 눈을 뜨셔서 나중에 온 가족이 여행을 많이 다닌 계기가 되었습니다.

물론 엄마는 제가 알던 모습 그대로의 정겨운 엄마였습니다. 당신 딸이 보고 싶고 그 딸이 어찌 사는지가 보고 싶어서 왔으므로 구경보다는 그게 제일 중요한 사람.

지금 생각해도 고맙고 행복한 시간들입니다. 앞으로도 하나하나 더 만들고 싶습니다.

감사합니다, 사랑합니다.

이 책이 엄마의 기쁨이 될 것이라고 생각하며 작업을 시작했습니다. 그런데 오히려 저에게 큰 기쁨이었습니다. 그냥 흘려들었던 엄마와 아버지의 생활과 그 속내들을 진솔하게 알 수 있었고, 지금은 멀게만 느껴지던 저의 지난 시간들도 돌아볼 수 있어서 행복했습니다. 하루하루 살아가는 평범한 일상이 얼마나 큰 행복인지도 새삼 느꼈습니다.

이 책을 위해 엄마의 글과 사진 그리고 여러 가지 자료들을 모으는데 함께 해 주신 우리 가족 그리고 엄마의 선생님들과 주변의 지인 분들께 감사의 말씀을 드립니다.

특별히 엄마의 글에 꼭 맞는 그림을 그려 줘 글을 더욱 따뜻하게 만들어 준 신미숙 화가에게 깊은 감사를 드립니다. 상해에서부터 서울까지 와주시는 수고도 아끼지 않은 화가님의 마음과 정성이 고스란히 느껴지는 고운 그림이었습니다.

엄마가 우리들에게 자주 하시는 말씀이 있습니다.

"맛있을 때 잘 먹어라. 예쁠 때 고운 옷 입어라."

지금의 생활이 중요하다는 뜻이겠지요. 엄마 말 잘 듣는 착한 아이처럼 오늘 하루하루를 잘 살겠습니다.

그리고 이런 오늘을 만들어 주신 엄마.

제 인생 가장 큰 행운은 엄마의 딸로 태어난 것입니다.

엄마 감사합니다.

엄마 사랑합니다.

2014년 4월 아버지의 기일을 맞으며 막내딸

가족 이야기

남편 김영희의 제안으로 사진관에 가서 사진을 찍음.
머리에 쪽을 찌고 살다 처음으로 머리를 자르고 펌(파마)을 했을 때,
남편이 딴 사람 같다며 신기해하면서 사진관에 데리고 갔다.

구정 때 성묘를 가서
남편과 남편의 매형 그리고 막내아들

협심 양복점에 불이 나서 다시 짓고 난 후,
왼쪽은 큰딸.
양복점 이름은 마음을 합하자는 의미로 지었음.

큰아들 초등학교에서

큰아들 중학교 입학식.
젊은 이영복, 큰아들과 둘째딸

프랑스 직장인 악단(막내딸의 지인)이 서울 공연 후에, 지방 공연을
서천 군민회관에서 했음. 특별히 우리 집 앞에서도 연주해줌.
동네 사람들이 부러워했던 기억이 있다.

김영희 쉼터 기금 전달하러 간 군수실
왼쪽부터 큰딸, 막내딸, 서천 군수, 이영복,
막내아들, 증인 문병화 세무사

기부 증서를 전달하는
군수와 이영복, 뒤에 가족들

김영희 쉼터 제막식 때

검정고시에 합격하고 나서,
서천 여고에 장학금을 전달
하러 갔다.
내겐 공부에 한이 있었다.
그네들에겐 없기를...

남편 허리 수술 후에 맞은 첫 생일
남편이 다시 걸을 수 있게 되었다

학교 수업 중에……

세상에 태어나
처음으로 신문에 나오다

공부하기를 정말 정말 잘했다.